EL HOMBRE QUE BURLÓ AL CNI

EL HOMBRE QUE BURLÓ AL CNI

E. LARBY

Autor: E. Larby

Diseño de cubierta: E. Larby

ISBN: 9789403681023

© E. Larby

Año 2023

Editoriales: Mibestseller, Ingramspark.

Web: publish.mibestseller.es/elarby

A mi esposa por su infinita paciencia

A mis nietos Alexander, Mikaela y Roy que son el faro
que me guía.

Contenido

I   EL AGENTE DEL CNI

Enrique Lozano conducía relajadamente su Volkswagen Corrado Cabriolet en dirección a su retiro dorado. Llevaba la capota bajada, la suave brisa que descendía de las colinas cercanas acariciaba su rostro.

Aunque conocía de sobra la carretera iba con precaución. Su memoria fotográfica había memorizado el recorrido, sabía que los casi 6 km que separan el centro comercial de Elviria, una ruralización perteneciente al ayuntamiento de Marbella y la urbanización las Orquídeas, donde poseía un coqueto apartamento, tenía 26 curvas, tres rotondas y un puente que cruzaba sobre la autovía AP7.

Había numerado las curvas saliendo desde la rotonda del centro comercial y sabía que las curvas 9, 10, 13, 15, y 16, con tres curvas seguidas a derecha, izquierda y otra vez a derecha, eran peligrosas, así como la 17 y la 20. Recordaba los nombres de todas las villas y urbanizaciones por las que discurría la llamada Avenida de España.

No en vano había sido entrenado en el centro que el CNI tiene en la finca «El Doctor» en Manzanares (Ciudad Real) y había hecho varios cursos de entrenamiento y perfeccionamiento en el centro de formación que la CIA, la agencia de inteligencia americana, tiene en las afueras de Williamsburg en Virginia, y que es conocido por la comunidad de inteligencia como «La Granja».

Eso fue cuando las relaciones entre ambas agencias aun eran fluidas, cordiales y el entendimiento entre ambas era pleno y en régimen de igualdad y respeto.

Ahora las relaciones estaban prácticamente rotas, no había cooperación. Este deterioro de las relaciones venía de lejos. Empezó cuando el entonces secretario general del PSOE, el mal educado Zapatero, permaneció sentado al paso de la bandera de los Estados Unidos, que encabezaba el desfile del contingente americano, que dadas las buenas relaciones del gobierno de Aznar con el presidente Bush hijo, se había dignado participar en la fiesta nacional española, respondiendo así a la invitación del gobierno del partido popular.

Esta afrenta del infame Zapatero a los Estados Unidos tuvo lugar en el año 2003. Este agravio nunca lo olvidaron los americanos, entre las muchas cosas que los americanos no aceptan ni perdonan nunca, es que se desprecie o deshonre a su bandera. Nunca lo olvidan y tampoco lo perdonan.

Peor aún fueron las relaciones entre el CNI y la

CIA cuando Zapatero, amparado en un golpe de estado encubierto o blando llegó al poder en 2004.

Su primera decisión fue ordenar la retirada de las tropas españolas que, en el marco de la cooperación internacional, España tenía desplegadas en Irak. Fue una decisión demagógica y sin calibrar las consecuencias. Propia de un indigente mental y sin el menor pudor. Ya entonces las relaciones entre el CNI y la CIA eran casi inexistentes. España se vio aislada y despreciada en Europa y no digamos en los Estados Unidos. De hecho, el presidente Bush se negó, no solo a recibir a Zapatero, sino incluso a responder a sus llamadas. España se convirtió en una apestada, en el ámbito internacional.

Para los militares españoles esta retirada de Irak fue aún más vergonzosa que cuando se tuvieron que retirar del Sahara. Los miembros de la coalición internacional se lo tomaron como una traición. Los contingentes aliados se mofaban de las tropas españolas, les insultaban, imitaban el cacareo de las gallinas y les arrojaban huevos. Enarbolaban banderas blancas, llegaron incluso a cortarles el suministro de luz y agua. La enseña nacional fue arriada del mástil de la base España ocho días antes de su desalojo por las tropas españolas. El ejército español nunca olvidará esta tremenda humillación.

Nunca, ningún ejercito había sufrido tal humillación y tantas vejaciones.

España pasó a ser un país que no cumplía sus compromisos internacionales, un país indigno de la confianza de otros países. Los Estados Unidos nunca olvidan estas deserciones y falta de dignidad.

Cuando el inane Obama llegó al poder, cedió ante la presión de Zapatero y su lobby y accedió a recibirlo. La reunión no pudo ser más grotesca y ridícula, viendo a las dos hijas de Zapatero disfrazadas de no sé qué, como si en vez de ser una visita de estado fuese un baile de carnaval. Pero que se podía esperar de un presidente del talante de Zapatero. ¡Ridículo y esperpento!

La relación entre el CNI y la CIA mejoró algo, pero más bien poco, con el Gobierno de Rajoy. La confianza entre organismos cuesta mucho construirla y muy poco destruirla. Y la que tenía la CIA con el CNI era más bien escasa.

Y el remate final para que esta confianza se tornara en desconfianza y rechazo llegó cuando el presidente «cum fraude» se atrevió a nombrar al pseudo comunista Iglesias primero, vicepresidente segundo del gobierno y luego miembro del consejo de Seguridad Nacional y de la comisión de secretos oficiales.

Esto fue la puntilla a las otrora magníficas relaciones de cooperación entre ambas agencias.

Ese es el legado que nos dejó el infame Zapatero y que ahora remata el «cum fraude».

Enrique empezaba a estar desilusionado y más que asqueado de todo. Le humillaba ver como un organismo que fue creado para defender y proteger los intereses españoles se estaba convirtiendo en el protector de un gobierno social-comunista que amenazaba la democracia y la libertad de los españoles. Aunque en su fuero interno pensaba que a los españolitos de a pie parecía que no les importaba demasiado, ellos con poder pedir ¡otra de gambas! Parecía que les sobraba.

Cuando veía que en las encuestas había, todavía, más de un 27% de españolitos que seguían votando al PSOE se lo llevaban los demonios.

Por ello, andaba sopesando solicitar una jubilación anticipada y retirarse a este lugar idílico y olvidarse de todo.

Con todos estos pensamientos en su mente, cuando se dio cuenta estaba a las puertas de la urbanización, tecleó el número secreto de acceso y la cancela se abrió. Aparcó el coche, extrajo del maletero sus pocas pertenencias y subió los dos tramos de escalera para acceder a su apartamento.

La urbanización constaba de solo cinco bloques, con cinco apartamentos cada uno, menos en su edifico que tenía siete. El de Enrique era coqueto y tenía un salón comedor con cocina americana, un dormitorio principal con baño incorporado y un dormitorio de invitados, y otro cuarto de baño.

Las paredes estaban pintadas de un blanco inmaculado y el suelo de mármol de un color beige claro casi blanco, salvo en la terraza que tenía el suelo de baldosas rústicas de color marrón.

Enrique estaba más cerca de los sesenta que de los cincuenta, cabello negro que empezaba a grisear por las sienes, y que empezaba a estar un poco ralo en la coronilla. No era muy alto 1,75m, brazos musculosos, aunque ya empezaban a estar flácidos y manos delicadas. Ojos castaños, pequeños, pero muy atentos, muy activos, muy inquisitivos, parecían querer fotografiar todo lo que había a su alrededor. Los protegía con sus sempiternas gafas de sol Rayban, de luminosidad variable, que le permitían observar todo lo que ocurría a su alrededor sin ser detectado. Hábito de consumado espía.

Aunque había hecho mucho ejercicio ya empezaba a lucir una tripita cervecera, por lo que había dejado de beber cerveza por que la Mahou 0/0, decía, le sabía a pis, pero había probado la Mahou 0/0 Tostada y se había vuelto a enganchar.

Se sentó en la amplia terraza, que estaba orientada al este y ya estaba sombría, cogió del frigorífico una lata de cerveza y se dispuso a paladear la bebida y disfrutar de las vistas de las cercanas colinas y del valle que se extendía hasta el mar.

Pero los pensamientos que había tenido durante el trayecto desde Elviria no le abandonaban fácilmente.

Había sido agente operativo durante mucho tiempo y esa actividad le había hecho que no tuviera, ni deseara, tener tiempo para casarse, había tenido muchas aventuras, pero pasajeras, los espías operativos no se pueden permitir el lujo de casarse y tener hijos. En la finca «El Doctor» en Manzanares (Ciudad Real), donde había realizado su entrenamiento, cuando entró como novato, le habían enfatizado mucho el tema de las relaciones sexuales. Le insistían una y otra vez, que fuera muy precavido porque una relación duradera podía resultar fatal para su seguridad y para el éxito de su misión. Trataban de desmontar el mito de James Bond y su fama de conquistador.

Fuese por lo que fuese, él se había mantenido soltero y ahora pensaba disfrutar de esa soltería. También es verdad que no había encontrado su media naranja, quizás era demasiado exigente.

Estos pensamientos le pusieron nostálgico y empezó a añorar los viejos y buenos tiempos.

Recordaba como lo habían reclutado. Fue en su último año de universidad donde estudiaba ingeniería técnica. Una tarde fue abordado por una señora en sus treinta y algunos años, muy mayor para ser estudiante. Se presentó como Teresa y le pidió unos minutos de su tiempo.

Enrique asintió, intrigado, no sabía si era una profesora o una chica que quería ligar con él. Ella era alta, casi 1,77m, melena larga rubia, piel muy blanca, ojos azulados, piernas esbeltas, pechos generosos sin ser grandes y una sonrisa encantadora. Y muy educada. Enrique estaba encantado de que sus amigos lo vieran con esta belleza.

Ella empezó preguntándole sobre sus planes cuando terminara sus estudios.

- ¿Qué planes tienes referente a tu vida laboral?

-Bueno, me gustaría trabajar en una empresa de ingeniería, y a ser posible una que tenga contratos en el extranjero. Quiero conocer mundo.

-Nosotros te podríamos ofrecer la posibilidad de viajar y conocer otros lugares. Te prepararíamos para tu trabajo, te enseñaríamos idiomas.

- ¿Y qué tipo de trabajo es ese y quienes sois «nosotros»? - Preguntó Enrique que había notado ese «nosotros».

-Ahora no te lo puedo decir, pero te hemos estado observando desde que entraste en la universidad y nos pareces la persona adecuada para el tipo de trabajo que te vamos a ofrecer.

- ¿Cómo han sabido de mí? - Preguntó Enrique un poco mosqueado.

-Conocemos a mucha gente y nos interesamos por ella. Solo nos dirigimos a los mejores. De todas las solicitudes solo aceptamos al 20%. Tendrías un buen sueldo, más dietas de viaje, seguridad social e incentivos. Piénsalo y cuando hayas decidido algo llama a este número y pregunta por Teresa.

Enrique se quedó sin palabras cuando ella le comentó aspectos de su vida que consideraba muy íntimos, sabía de sus varias amigas, como vestían y durante que tiempo habían estado juntos, sabía su número de teléfono, donde vivía, de que club de futbol era seguidor. Como se llamaba su padre y a que se dedicaba. Conocía cada detalle de su vida.

Teresa alargó su brazo y le entregó una tarjeta con un número de teléfono y un nombre. Ni logo, ni nombre de la empresa, ni dirección, nada que pudiera dar una pista. Dicho esto, se levantó le extendió la mano y se marchó.

Enrique se quedó intrigado, a fin de cuentas, dada la catastrófica situación económica que atravesaba el país, no todos los días te ofrecen un trabajo, teóricamente, interesante.

Como Teresa le había pedido que no lo comentara con nadie, y enfatizó que ni a sus padres ni a su novia. Enrique se guardó para si esta extraña reunión.

Estuvo varios días dándole vueltas al tema y, más por curiosidad que, por otra cosa, un día decidió llamar a la tal Teresa.

Le atendió una telefonista muy educada que solo dijo buenos días y en que puedo ayudarle. Cuando Enrique preguntó por Teresa la telefonista preguntó: ¿De parte de quién? Cuando se dio a conocer la telefonista respondió: «Le paso».

La voz dulce y melodiosa de Teres le saludó de forma muy cordial. Solo preguntó: ¿Cuándo podemos vernos? Acordaron verse en la cafetería de la universidad esa misma tarde.

Teresa se presentó a la cita radiante, vestía un traje chaqueta de color gris marengo, blusa blanca abotonada hasta el cuello, su rubio cabello, suelto, le llegaba hasta la mitad de la espalda, zapatos negros de punta afiladísima y tacones de aguja, altísimos, que estilizaban aún más sus ya de por si bien torneadas piernas. Esgrimía una sonrisa esplendorosa. Parecía una estrella de Hollywood.

Esta vez no le tendió la mano, sino que le besó delicadamente en la mejilla. Usaba todas sus dotes de mujer para que él se sintiera importante y cómodo.

Sin más preámbulos le pidió ver su CV, lo leyó, analizó y le dijo: «No estaba equivocada eres nuestro hombre». Enrique estaba hinchado como un pavo real. Se sentía el rey del mundo.

Rápidamente entraron en materia. El trabajo sería con una agencia estatal, tendría que superar unas pruebas físicas y psicológicas y si las pasaba entraría en una fase de preparación, le darían unos cursos que abarcarían temas muy variados y le enseñarían un par de idiomas. Este periodo de formación duraría aproximadamente un año, durante el cual recibiría una retribución mensual, así como alojamiento y manutención a cargo de la empresa.

Cuando Enrique aceptó la propuesta Teresa entró en disquisiciones sobre servir a la Patria, defender a los ciudadanos y todo tipo de estereotipos habidos y por haber, antes de anunciarle, muy solemnemente, que la empresa era el Centro Nacional de Inteligencia. El CNI.

Enrique tenía una vaga idea de que hacía el CNI, pero la propuesta le pareció atractiva y decidió que ese sería su camino.

Habían pasado más de treinta años desde esa conversación. Enrique ya no sentía el mismo interés y devoción por servir a su patria. Aquellos ideales juveniles habían ido poco a poco, decepción tras decepción, desapareciendo. Ahora solo deseaba retirarse y vivir tranquilo con sus libros, disfrutar de la piscina y hacer lo que le pareciera más oportuno en cada momento. Estaba pensando hacer un crucero alrededor del mundo, había ojeado un folleto de una agencia de viajes que ofrecía este tipo de crucero por el módico precio de 15 000 euros, tenía muchos planes, pero no demasiado dinero.

Estaba hastiado, asqueado, desilusionado, desencantado, añoraba el CNI al que él se había unido hacía muchos años, este de ahora era un nido de víboras trepadoras, que deambulaban por los pasillos con el cuchillo entre los dientes dispuestos a apuñalar por la espalda a todo aquel que fuera un obstáculo, real o imaginario, para sus ambiciones.

Burócratas empesebrados cuya única fidelidad era hacia ellos mismos, que anteponían sus intereses personales a los de la sociedad, vendidos y entregados al gobernante de turno. Sobre todo, si este gobierno era de los progres.

La nueva directora había desarrollado toda su carrera en el partido, se había afiliado a los 16 años y, arrastrándose a los pies del secretario general de turno, había ido escalando posiciones en la jerarquía del partido hasta ser recompensada, por cuota paritaria, con una posición para la que no estaba preparada. No tenía idea del mundo de la inteligencia y ella personalmente tampoco lo era demasiado.

En agradecimiento por este nombramiento inmerecido había puesto el CNI no a disposición de la sociedad sino al servicio del presidente «cum fraude» y su gobierno social comunista. Había aceptado sin rechistar, incluso con una sonrisa, la inclusión del pseudo comunista Iglesias en el Consejo de Seguridad Nacional y en la comisión de secretos oficiales. Toda valía para seguir percibiendo un jugoso, aunque inmerecido, salario.

A Enrique esta falta de dignidad, esta carencia de escrúpulos le revolvía el estómago, se le removía la bilis y le aumentaba, peligrosamente, el nivel de glucosa en sangre.

Estaba decidido a marcharse y empezar una nueva vida

II   EL CADÁVER

Marie, la esposa de Jean Pierre, salió temprano, como hacia cada mañana, para regar los cuatro grandes macetones que había alrededor de la piscina. Todos los parterres, arbustos, setos y arboles tenían riego programado y estaban conectados por pequeñas tuberías a un depósito de agua, pero estos cuatro macetones al estar situados sobre un camino de piedras no tenían ese sistema. Ella y su marido eran muy aficionados a la jardinería y, aunque la urbanización tenía contratado a un jardinero, ellos dedicaban mucho tiempo a cuidar los jardines y las plantas, así como a cuidar de una gata que había aparecido en la urbanización.

Al principio no prestó atención a la piscina, estaba atareada llenando la regadera y de espaldas, pero al volverse dio un respingo al observar que algo flotaba en el agua, cuando se acercó distinguió un cuerpo humano flotando en ella, el respingo se convirtió en un grito desgarrador.

Enrique estaba, como cada día, en su terraza

pedaleando en su bicicleta estática, cuando escuchó el desgarrador grito y se asomó para ver qué sucedía, vio a Marie agitando los brazos, moviéndolos como las aspas de un molino de viento y gritando sin parar. Desde su terraza la preguntó a gritos qué pasaba, pero ella presa del pánico no respondía, seguía agitando los brazos y gritando.

Alarmado salió corriendo, saltaba los escalones de tres en tres, como llevaba chanclas estuvo a punto de tropezar y rodar escaleras abajo. Cuando llegó a la altura de Marie esta no pudo articular palabra, solo señaló hacia la piscina.

Enrique reaccionó inmediatamente, había sido preparado para emergencias de este y cualquier otro tipo. Se lanzó al agua, como el cuerpo estaba boca abajo, le dio vuelta, lo agarró por detrás, asió fuertemente la mandíbula del individuo y lo arrastró hasta la cercana escalinata. Marie seguía en estado catatónico, gritando, pero sin poderse mover. Enrique sacó el cuerpo, lo tumbó sobre el suelo de baldosas y se dispuso a efectuarle los ejercicios de reanimación.

Inclinó la cabeza de la víctima hacia atrás y le levantó el mentón, después colocó una mano sobre la frente de la persona y con el dedo pulgar y el índice le apretó la nariz mientras que con la otra mano le abría la boca. Inspiró profundamente y se inclinó sobre el cuerpo, cubrió con su boca la del hombre y sopló, observando si el pecho se le inflaba, repitió la operación varias veces, pero no hubo respuesta. Lo volvió a intentar una y otra vez, al final palpó la carótida del hombre y constató que no había palpitación. Estaba muerto.

En sus muchos cursos en el CNI y la CIA había hecho prácticas de salvamento y había aprendido a diagnosticar, de forma preliminar, las causas de la muerte, a veces, aunque un cadáver aparezca flotando en el mar, no necesariamente significa que se ha ahogado. Puede haber muerto por un infarto, o haberse golpeado en una caída y caer al mar, o incluso haber sido envenenado.

Por ello es obligatorio realizar una autopsia.

En el CNI le habían instruido para discernir inmediatamente si la muerte se había producido por ahogamiento.

El manual de primeros auxilios del CNI enfatizaba el siguiente párrafo:

Espuma en la Boca

Durante un ahogamiento húmedo, el agua pasa por las vías respiratorias junto con el aire inspirado y se mezcla con las secreciones mucosas características de esas vías. Como durante un ahogamiento se suelen hacer esfuerzos respiratorios importantes, el movimiento del aire y el agua sobre las secreciones provoca la producción de una espuma fina con burbujas. Esta espuma se encontrará en las vías respiratorias, pero también será visible alrededor de la boca. Cuando veas un cadáver con espuma alrededor de la boca ya tienes casi asegurado el diagnóstico de muerte por ahogamiento. Pero esto no es 100% seguro.

Hay venenos, fármacos, fallos cardiacos y un largo etcétera que pueden provocar que la persona tenga espuma alrededor de la boca. Para asegurarse de que la espuma es consecuencia del ahogamiento, hay que comprobar que esta sea fina y que, si la quitamos de la boca y presionamos sobre el pecho, la espuma volverá a aparecer, ya que se encuentra por casi todo el aparato respiratorio.

Enrique recordó esta advertencia, observó el cadáver y notó la ausencia de espuma, creía recordar que la instrucción decía que presionando sobre el pecho la espuma reaparecería. A pesar de que lo intentó varias veces no había rastro de espuma.

Mientras hacía estos movimientos, le llamó la atención una pequeña motita rojiza que el cadáver tenía justo en la arteria carótida, era un pequeño promontorio rojizo, como una picadura de mosquito. Allí no solía haber mosquitos, pero no le dio mayor importancia.

Marie había dejado de gritar, miraba sin hablar, se frotaba nerviosamente las manos. Llegaron su marido y otros vecinos alertados por los gritos de la horrorizada mujer.

Enrique empezó a pensar que algo no cuadraba.

La primera incongruencia que encontró, aparte de la ausencia de espuma en la boca del ahogado, fue de extrañeza, él había visto al hombre nadar, cada mañana, en la piscina y lo hacía muy bien, 20 o 30 largos con buen estilo. Y el cuerpo no presentaba señales de haber sufrido un infarto.

Otro detalle que no le había pasado desapercibido. ¿Quién en su sano juicio se baña con calcetines y con pantalón de pijama? Examinó más detenidamente el cadáver, volvió a examinarle la carótida y se concentró en el pequeño pinchazo, como una picadura de mosquito. También percibió un fuerte olor a alcohol. ¿Se había emborrachado, caído a la piscina y se había ahogado?

¿Alguien quería que aquello pareciera un accidente? El individuo se había emborrachado, salió a tomar el aire y se cayó a la piscina. Muy burdo, ningún forense tragaría ese sapo, pero como en la sociedad española la «chapuza», a todos los niveles, es norma generalizada, a un forense descuidado y con prisas, sobre todo si le esperaban unas torneadas piernas femeninas enfundadas en unos estrechos pantalones vaqueros, este detalle se le pasaría por alto.

Mientras tanto uno de los vecinos estaba llamado a la policía y al servicio de emergencias.

Siguiendo su inveterada costumbre, decidió tomar una muestra de las huellas dactilares del cadáver. Trataría de averiguar quién era ese individuo.

Había llegado a la urbanización hacía pocos meses y no se había relacionado con nadie, varias veces Enrique le había observado salir con su Smart Fortwo con dirección al pueblo y volver con la compra. Pero nunca le había visto ni en los bares ni en los restaurantes de la zona. Tenía un comportamiento extraño, cuando estaba nadando en la piscina y llegaba alguien, enseguida salía del agua y se marchaba, prácticamente estaba recluido en su casa, parecía estar siempre alerta, las persianas bajadas y nunca, nunca, se le veía asomarse a la terraza.

Cuando llegaron los servicios médicos solo pudieron certificar su muerte. Tendrían que esperar al médico forense para levantar el cadáver. El forense llegaría desde Málaga por lo que la espera se prolongaría.

Enrique regresó a su apartamento, con todo el jaleo que se había formado no había desayunado, al tiempo que se preparaba el café y las tostadas hizo una llamada telefónica, Menchu su secretaría empezó a contarle las novedades producidas durante su ausencia, pero Enrique educadamente le cortó el rollo y le dijo: «Menchu, te voy a enviar unas huellas dactilares, haz que las cotejen, me preparas un dossier con los resultados y me lo envías aquí por DHL». Y añadió: «Hazlo con la máxima discreción, no lo comentes con nadie, es confidencial». Menchu ya estaba acostumbrada a esta paranoia de su jefe, a este proceder individualista y al margen de reglas y cánones, así que no se sorprendió en absoluto. Sabía que su jefe era un espíritu libre. Por ello tenía tantos encontronazos y broncas con sus jefes y compañeros, pero como era extremadamente eficaz le soportaban estas indisciplinas.

Mientras sorbía su café hizo otra llamada a un colega, que le debía algún favor, de la delegación del CNI en Málaga. Le pidió, en un tono que no admitía disculpas ni un no, que le consiguiera una copia de la autopsia que se realizaría ese día a un individuo fallecido por ahogamiento en la urbanización.

Le pidió a su amigo que, para evitar dejar huellas, lo grabara en un pen drive y se lo enviara a su email desde un ciber café. Transmitió las mismas instrucciones a su secretaria sobre los datos del fallecido, nada de DHL, un email a su portátil.

Cuando llegó el forense y levantaron el cadáver Enrique volvió a su apartamento, trató de relajarse, pero había algo, intuía que había algo que no cuadraba. Su olfato de sabueso, su instinto de cazador lo atormentaba. Cuando recibiera la información solicitada la analizaría concienzudamente.

E. Larby

III   EL RECLUTAMIENTO

A la espera de la información requerida, Enrique trató de relajarse, abrió una lata de Mahou Tostada, vertió el contenido en un vaso, no le gustaba beber directamente de la lata, le parecía poco higiénico, aunque él personalmente no fuera un ejemplo de persona cuidadosa, era, como él mismo se autocalificaba, un «guarrindongi», y se sentó en la terraza a contemplar el paisaje.

En un ataque de nostalgia empezó a recordar cómo había sido su entrada en La Cas, como coloquialmente era llamado el CNI.

El primer día lo sometieron a un exhaustivo programa de pruebas psicotécnicas y test de personalidad, le hacían cientos de preguntas, alguna repetitivas, aunque con algunas matizaciones, para ver si se contradecía en sus respuestas, preguntas como:

¿Has pensado en suicidarte?

¿Crees en los ovnis?

¿Te masturbas?

En caso afirmativo ¿Cuántas veces a la semana?

¿Has hecho el amor con tu amiga o novia?

¿Tienes periodos de ansiedad?

¿Tienes depresiones?

Y mil y una pregunta más, A cada cual más extraña y sin sentido. Al menos eso le parecían a él.

Los siguientes días lo dedicaron a enseñarle a hacer croquis y dibujos de distintas cosas, le instruyeron a sonsacar información sin levantar sospechas, un instructor que debía ser de Cádiz, le dijo muy gráficamente «meter espina para sacar corvina», que es un dicho muy gaditano. Le aleccionaron para saber evadirse de situaciones embarazosas.

Lo siguiente fue una prueba de observación. Consistía en pasear y tratar de descubrir si lo estaban siguiendo, cuantos y quienes eran. Le pidieron que entrase en un local determinado e hiciera un croquis mental de la distribución del mobiliario del local, cuantos parroquianos había, cuantas mujeres, cuantos hombres, donde estaba la barra, que luces había en el techo. Si había alguien que lo estuviese siguiendo.

Otra prueba, que Enrique todavía practicaba, ya como diversión, era viajar en metro y tratar de adivinar la profesión de cada viajero, le decían que se fijara en la ropa que vestían, en sus manos, en sus movimientos.

Otro día tenía que ir a un edificio y tratar de averiguar los nombres y apellidos de las personas que vivían allí, sus números de teléfono, hábitos de vida.

Un día apareció un nuevo instructor que le pidió que lo acompañara, lo introdujo en un coche que tenía los cristales tintados y después de casi una hora de trayecto llegaron ante lo que parecía una enorme finca rural, la valla perimetral tenía más de dos metros de altura y una enorme puerta metálica. El instructor sacó una especie de mando a distancia y la enorme puerta se abrió silenciosamente. Tenía los goznes muy bien engrasados.

Solo había dos edificios, más tarde descubrió que en uno estaban las aulas y en el otro los dormitorios. El instructor le dijo que pasaría allí un tiempo bastante largo. Y le hizo una observación que despertó el interés de Enrique, muy enfáticamente le hizo saber que en ninguna circunstancia debía acercarse a los dos bunkers que se veían en la distancia.

En la superficie pudo ver grandes antenas de comunicaciones.

Años más tarde Enrique descubrió que el lugar había sido una base secreta alemana de espionaje de las comunicaciones de Rusia, el norte de África y Sudamérica y que los bunkers eran la entrada a las instalaciones subterráneas donde se ubicaban salas de conferencias, un quirófano, alojamientos y una sala de control de comunicaciones.

Estaba tan absorto en sus pensamientos que no escuchó el tintineo que le alertaba de la entrada de un email.

IV   LOS SOSPECHOSOS

El email recibido se refería a los resultados de la autopsia, estos no hicieron más que confirmar lo que Enrique ya presentía. ¡No había habido ahogamiento, sino un asesinato! El informe forense dejaba meridianamente claro que no se había encontrado agua en los pulmones del fallecido y que había rastros, aunque muy débiles, de toxina botulínica.

Busco información sobre esta toxina y encontró lo siguiente:

La toxina botulínica es una neurotoxina elaborada por una bacteria denominada Clostridium botulinum. Se trata de la toxina más poderosa descubierta hasta la fecha. La versión más popular de esta neurotoxina por su uso en estética se denomina bótox.

Como agente de intoxicación o envenenamiento produce el botulismo, enfermedad que se caracteriza por el desarrollo de alteraciones vegetativas (sequedad de boca, náuseas y vómitos) y parálisis muscular progresiva que puede llegar a ser causa de muerte al afectar la función respiratoria.

Como arma química o biológica es considerada extremadamente peligrosa y arma de destrucción masiva, prohibida por la convención de Ginebra y la de Armas Químicas y Biológicas.

La capacidad que posee la toxina botulínica para producir parálisis muscular por denervación química se aprovecha para usarla como medicamento en el tratamiento de ciertas enfermedades neurológicas y como producto cosmético para tratamiento estético de las arrugas faciales.

Ahora el dilema era: ¿Quién y cómo se había introducido subrepticiamente en la urbanización, sin que nadie viera nada ni oyera nada? A no ser que hubiese sido alguien de dentro. ¿Pero quién y por qué? Los inquilinos visitantes eran todos familias con niños pequeños y aspecto pacifico. Solo había tres residentes permanentes que por su historial serían capaces de matar, de hecho, lo habían llevado a cabo, pero matar no es igual que asesinar, estos tres habían matado por su país, nunca a sangre fría, nunca por encargo y de eso hacía ya mucho tiempo, ahora eran unos jubilados pacíficos que estaban disfrutando de la paz interior que en sus vidas anteriores no habían podido disfrutar.

Estos eran:

James Brown, inglés.

Jean Pierre Martens, francés.

Michel O´Brien irlandés.

Enrique tenía muy buenas relaciones con ellos, habían compartido muchos ratos de copas, los tres eran adictos a la cerveza, la de la marca Alhambra era la preferida de todos ellos.

Siguiendo su inveterada costumbre, él decía que, por deformación profesional, tenía por norma indagar en la vida y milagros de todo aquel con el que, de una forma u otra, se relacionaba. Sabía que esto que hacía era ilegal y deshonesto pero su condición de espía le llevaba a reincidir en esta deplorable costumbre una y otra vez.

En una de sus muchas incursiones cerveceras con James, al que Enrique llamaba jocosamente Mr. Bond, nunca le llamaba por su nombre, se las había ingeniado para recoger y guardar un vaso que tenía marcadas las huellas dactilares del inglés. aprovechando sus relaciones con los servicios de inteligencia de todos los países había conseguido un dossier de James.

Cuando Enrique conoció a James ya le llamó la atención la forma de andar de este y su comportamiento, vislumbró y aventuró que James había sido militar.

Era corpulento, medía casi 1,85 metros, espalda ancha, brazos cortos y musculosos, manos muy fuertes, capaces de matar a una persona con un golpe certero en el cuello, piernas muy ágiles, pelo trigueño que empezaba a blanquear, cortado al uno, ojos azules, vivaces, observadores y vigilantes. De carácter extrovertido y jovial.

Vestía siempre pantalones cortos y llevaba niquis muy ajustados que resaltaban sus poderosos músculos pectorales.

El informe comenzaba informando que James había ingresado en los SAS cuando tenía 20 años, en 1977[1].

Y continuaba enumerando el periodo y el durísimo entrenamiento que había tenido que superar.

Brevemente enumeraba las condiciones y pruebas que tienen que superar para ser admitidos y posteriormente convertirse en un SAS.

Estas son:

Haber servido durante al menos tres años en cualquier rama de las fuerzas armadas británicas.

Poseer un estado físico excepcional, una vista excelente y destacadas cualidades natatorias.

Superar las sesiones preliminares donde son sometidos a duros ejercicios físicos y mentales. El 10% de los aspirantes no las superan.

Después tienen que someterse a un periodo de selección de seis meses. El primer mes tiene lugar en las montañas del sur de Gales, tienen que superar pruebas físicas y de orientación, efectuar larguísimas caminatas portando mochilas cargadas con 50 kg. La mayoría abandona en ese periodo.

La siguiente etapa es el entrenamiento en el SOP (por sus siglas en inglés), es decir el Procedimientos

Operativo Estándar, que consiste en que los candidatos son depositados en paracaídas en las selvas de Malasia o Borneo para un curso de supervivencia. Armados solo con un machete y una cantimplora.

Son sometidos a persecución y cuando son capturados son sometidos a duros interrogatorios, y torturas. Solo los que superan estas pruebas son admitidos como SAS.

Una vez admitidos se los somete a un entrenamiento intensivo en salto en paracaídas, comunicaciones y lucha cuerpo a cuerpo, a manejar el machete y a matar con sus manos desnudas.

Las cuatro pruebas más importantes que debe superar un aspirante a SAS son:

A) La denominada Fan Dance o bailes de los abanicos consiste en una marcha de 24km cargado en una mochila que pesa 14kg y su equipo de combate.

B) Point to Point o punto a punto, que consiste en recorrer una cadena montañosa, con un croquis hecho a mano, bastante confuso y localizar y seguir unos puntos asignados, subir montaña arriba, bajar, volver a subir, cargados con una mochila de 20kg. Tienen un tiempo asignado para superar la prueba. Muchos abandonan esta prueba y son descartados.

C) The Sketch Map o el bosquejo del mapa, que consiste en recorrer 35km y dibujar un mapa del recorrido.

D) The Long Drag / The endurance march. o en español El largo camino / la marcha de resistencia, tienen que recorrer 64km en 20 horas y cargados con una mochila que pesa 32kg.

Solo los que superan estas pruebas son aceptados como soldados.

La primera acción en la que participó James, fue la operación Nimrod en 1980 cuando los SAS asaltaron el edificio de la representación diplomática iraní en Londres para rescatar a los 26 rehenes retenidos en la embajada. Transmitida en directo por la BBC, por imperativo de los asaltantes. catapultó a la fama a la unidad, que hasta entonces había sido secreta, aunque ya había habido noticias sobre ella, sobre todo durante la segunda guerra mundial, donde sus acciones se volvieron legendarias.

Los asaltantes eran disidentes al régimen dictatorial islámico del ayatolá Jomeini. Solo uno de los seis asaltantes sobrevivió.

La segunda vez que James entró en acción fue en la guerra de las Malvinas. Su destacada labor en esta guerra le hizo ganar la DSO (Distinguished Services Order), la más alta condecoración del ejército británico.

La estrategia para recuperar las Malvinas, que los argentinos habían ocupado, era liberar la isla San Pedro en las Georgias del Sur, misión que se encomendó al SAS y al SBS (Special Boats Service), sus comandos fueron transportados por helicópteros y depositados en la isla. Los SAS se desplegaron por el interior mientas que los SBS lo hicieron por el litoral.

Cavaron fosas para ocultarse y las cubrieron con redes de camuflaje, permanecían inmóviles en las fosas durante el día y actuaban al ponerse el sol, usaban gafas de visión nocturna.

Una de las acciones más espectaculares llevada a cabo por los SAS fue el ataque a la base aeronaval Calderón, destruyendo seis aviones de ataque IA-58 pukara, 4 aviones Mentor y los depósitos de combustible y municiones.

James se había convertido en todo un veterano.

En 1990 el regimiento SAS al que pertenecía James se infiltró tras las líneas enemiga en Irak, destruyendo la línea de fibra óptica que comunicaba entre sí todos los centros de decisión de los iraquís. Su misión principal era localizar y destruir las lanzaderas móviles de los misiles scud que Irak lanzaba sobre Israel para incitar a este país a entrar en la guerra.

El SAS constituyó los llamados Desert Fighting Columns que se infiltraban en el interior de Irak, atacaban de noche, usando gafas de visión nocturna y se ocultaban de día, integrándose en el terreno. James fue un miembro activo en todas y cada una de estas acciones.

La última acción en la que participó James fue el rescate de los miembros del regimiento real irlandés que habían sido capturados por la banda de asesinos West Side Boys en Sierra Leona.

A James se le había asociado con el grupo 13^2 aunque nunca hubo pruebas suficientes para probarlo.

Cuando se cansó de esta ajetreada vida, trabajó en una agencia de seguridad que le envió como guardaespaldas de los empleados de una compañía petrolera que estaba construyendo una planta de tratamiento de gas en Argelia.

Después de más de 10 años en estas labores decidió retirarse.

Ahora vivía feliz y tranquilo en la urbanización las Orquídeas en Elviria (Marbella).

Enrique pensó que James no tenía el perfil del psicópata asesino que mata por placer o por encargo.

No lo rechazó como sospechoso, pero lo aparcó hasta estudiar los perfiles de los otros dos potenciales asesinos.

Decidió estudiar el informe que tenía sobre Jean Pierre.

De constitución frágil, larguirucho y delgado, no parecía una persona peligrosa, pero sus ojos grises, fríos como el hielo, parecían indicar que podía ser un individuo peligroso. Aunque sus brazos y piernas eran delgados se les veía musculosos.

Belga de nacimiento, había adquirido la ciudadanía francesa porque se había acogido al procedimiento conocido como: francés por la sangre derramada, que recoge que cualquier legionario extranjero que resulte herido en una batalla por Francia puede solicitar, de inmediato, la ciudadanía francesa.

Jean Pierre había ingresado con 18 años en la Legión Extranjera Francesa.

Después de un durísimo entrenamiento en las instalaciones en el campamento Szutz en Kourou en la Guyana francesa. Fue admitido como legionario.

La legión tenía fama de reunir a criminales, asesinos, violadores y psicópatas, la clase de gente con la que no irías ni a beber agua y mucho menos quedarte dormido a su lado.

El adiestramiento contempla días de internamiento en la jungla sin comida ni agua, comiendo solo los animales salvajes de la zona y frutos del lugar.

Marchas de decenas de kilómetros bajo el asfixiante calor y humedad de la jungla, incluyendo cruzar ríos infestados de cocodrilos.

Pero lo que más temían los aspirantes a legionarios era a los insectos flebótomos que transmiten la leishmaniasis que causa desde ulceras cutáneas hasta inflamaciones graves de hígado y bazo.

A Enrique no le cupo duda de que Jean Pierre a pesar de su aparente fragilidad era un hombre a tener en cuenta y que podía ser muy peligroso.

El dossier contenía información que, aunque no era relevante. por no centrarse en el individuo, si le pareció interesante a Enrique para tratar de pergeñar un perfil del belga.

El informe constataba: «La legión francesa es la

única unidad del ejército francés que no jura fidelidad a Francia sino a la legión». Entre los 7 800 miembros que componen la legión, hay legionarios de más de 150 países y sus pérdidas desde su creación en 1831, a través de los numerosos conflictos en que ha visto envuelta han llegado a 40 000.

Francia había comenzado lo que parecía una carrera desenfrenada hacia la pérdida de su imperio colonial. Iba de derrota en derrota.

Había sido derrotada estrepitosamente, en menos de dos semanas, por el ejército nazi en la segunda guerra mundial.

Como, todavía, el General De Gaulle no se había enterado de que Napoleón había fallecido hacia muchísimos años y era tan ególatra que, si se tiraba desde lo alto de su ego se mataba; tomó una decisión entre estúpida y descabellada. Intentó reconstruir el maltrecho imperio francés y decidió que Francia volviera a Indochina, sin tener en cuenta que, en esta zona, durante la ocupación japonesa se había creado un fuerte movimiento anticolonialista y patriótico, que la situación había cambiado. Francia ya no era una superpotencia y estaba muy debilitada por los casi cinco años de ocupación nazi. Pero el inmenso ego, del general De Gaulle, y su sentido de la grandeur no le permitieron tomar la decisión que el sentido común aconsejaba.

El resultado, como era previsible, fue que cosecharon una contundente derrota, una más, a manos del VietMinh de Ho Chi Minh.

Sufriendo, además, la derrota más humillante que jamás le habían infligido a Francia, el desastre de Diem Bien Phu, el 7 de mayo de 1954, después de una lucha que duró 57 días y que le costó a Francia unos 2 000 muertos y 18 000 prisioneros las tropas francesas de esa guarnición se rindieron, esta victoria se saldó con más de 8 000 bajas entre los vietnamitas.

Como resultado de esta estrepitosa derrota Francia tuvo que abandonar sus colonias asiáticas.

Pero Francia ya tenía otro frente abierto en su quebrantado imperio, la guerra por la liberación de Argelia estaba en sus albores.

Francia se había establecido en Argelia en 1830.

A raíz de la segunda guerra mundial una resolución auspiciada por Estados Unidos y secundada por la ONU, inició un proceso de descolonización que estaba ocasionando todo tipo de conflictos. Las reivindicaciones de independencia se sucedían, todos los países sometidos al yugo colonialista ansiaban su independencia.

Algunos procesos se saldaron de forma amistosa, las potencias colonialistas concedieron la independencia a sus territorios, pero otras, caso de Francia, se empecinaron, en una política suicida, en mantener su imperio colonial.

El resultado de ello fue una sangrienta guerra de guerrillas que costó a Francia más de 33 000 muertos y más de un millón de bajas por parte argelina.

En Argelia se había creado un ejército clandestino el FLN (Frente de Liberación Nacional) que, con su táctica de guerra de guerrillas, (seguramente copiada de los españoles) atosigó al ejército francés, y asesinó a miles de ciudadanos franceses asentados en Argelia. La reacción francesa fue brutal, masacró a la indefensa población civil.

La legión extranjera fue especialmente activa en estas labores.

Para Jean Pierre está fue su primera intervención como legionario. Lo habían destinado a Argelia en 1960.

Finalmente, en 1962 Francia se retiró y concedió la independencia a Argelia.

El timbre del PC anunciando la entrada de un email, sacó a Enrique de su lectura. Cerró el dossier y se concentró en la lectura del email.

No podía creer lo que le decían, tuvo que llamar a su secretaria para que le confirmara que los datos eran correctos, que no había habido una confusión.

El análisis dactilar decía que las huellas enviadas se correspondían con las de Iñaki Uribe, uno de los asesinos más sanguinarios de ETA y uno de los más buscados por el grupo antiterrorista de las fuerzas de seguridad.

Las preguntas se amontonaban en su mente, se preguntaba:

¿Qué hacía un terrorista etarra en esa zona?

¿Estaba recabando información para perpetrar un atentado? Esto no parecía lógico, ETA nunca enviaba a un solo miembro para realizar estas tareas, siempre enviaba a un grupo.

¿Estaba investigando para cometer un secuestro?

En la zona no había ninguna persona conocida, salvo quizás la mansión que un famoso cantante tenía a unos kilómetros hacia el interior, pero para eso se necesitaban más personas. Enrique nunca le había visto, desde la terraza del bar Kudu, donde solía tomar su aperitivo, ir con su coche por la carretera en esa dirección, siempre se dirigía al pueblo a hacer las compras.

¿Porque se escondía en esta parte del país, cuando ahora el país vasco era un santuario para los etarras?

¿Acaso no gozaban de la protección oficial del chantajista PNV y era su policía autonómica, los Ertzaintza, los que los protegían, con el beneplácito del Ministerio del Interior del gobierno socio comunista dirigido por el traidor Marlaska, que había transitado de perseguidor de terroristas a colaborador activo?

¿Pero si la ETA estaba presente en las instituciones vascas, con el asesino Otegui en un puesto importante?

¿Si se estaba escondiendo, de quién huía?

Enrique tenía la cabeza a punto de estallar, decidió que cuando se serenara efectuaría algunos contactos.

Decidió terminar de leer el dossier de Jean Pierre

De Gaulle había llegado a la Presidencia de la Nación (en 1959) al ganar las elecciones prometiendo, jurando y perjurando que Argelia sería siempre francesa. Cuando en 1962 los tozudos hechos le hicieron ver que esas guerras no se ganan, a pesar de su inmenso orgullo y arrogancia se vio forzado a aceptar las negociaciones de paz que le ofrecían los argelinos y acceder a la independencia de ese país del norte de África.

La opinión pública francesa respiró aliviada, no así algunos altos mandos de las fuerzas armadas que lo acusaron de traidor. Cosa que realmente era porque había traicionado su propia palabra. Pero esto en política es el pan nuestro de cada día.

El 5 de julio de 1962 Francia accedió a las peticiones argelinas y Argelia proclamó su independencia.

La OAS[3] Organización del ejercito secreto que se oponía a la independencia dejó de actuar en Argelia, algunos de sus dirigentes se refugiaron en España[4], desde donde orquestaron algunos atentados contra De Gaulle al que consideraban un traidor, despectivamente le llamaban «La Grande Zahora», que podía traducirse como la Gran Camella, en español sería algo así como: «la gran zorra».

Jean Pierre era miembro activo de esta camarilla y fue uno de los que participó directamente en el más espectacular de los atentados sufridos por el General De Gaulle.

Enrique pensaba ¿qué, relación podía tener la vida de este, presunto, asesino con el etarra encontrado flotando en la piscina?

Decidió continuar con el dossier.

El 22 de agosto de 1962 el coche del General De Gaulle, un Citroën DS sin blindaje, fue ametrallado por varios pistoleros en el distrito parisino de Petit Clamart., su vehículo fue alcanzado por catorce disparos, pero sus ocupantes resultaron, milagrosamente, ilesos. El café Trinnon situado en las inmediaciones recibió 20 impactos y en la calzada se encontraros 187 casquillos. Jean Pierre fue unos de los asaltantes.

Con la ayuda de los miembros que la OAS tenía infiltrados en rodos los sitios, consiguió llegar hasta los Pirineos franceses y esconderse en una cabaña, en las cercanías de Saint Lary Soulan, allí permaneció escondido durante seis meses, esperando que el vendaval que había causado el intento de asesinato del general amainase. Recibía la ayuda de los partidarios de la OAS, que todavía eran muchos.

Un día leyó en una publicación especializada en el mundo de los mercenarios que el ya legendario Mika Hoare (Mad Mike), estaba reclutando mercenarios para una misión en el Congo. No lo dudó un instante, estaba hastiado de su retiro en el monte, necesitaba quemar adrenalina, se alistó.

A Enrique esta referencia en el dossier le llevó a recordar aquellos turbulentos años.

En 1960 bajo la supervisión de las Naciones Unidas se celebraron elecciones en el ex Congo belga, que había conseguido su independencia pocos días antes. Las elecciones las ganó el partido MNC (Mouvement Nacional Congolais) y su líder Patrick Lumunba fue designado primer ministro. Y Kasavubu del partido Abako (Alianza de los bakongos) fue nombrado presidente.

A los tres días de la declaración de independencia, el país se sumió en el caos. La provincia de Katanga bajo el mandato de Moise Tshombe se declaró independiente.

Los belgas, más bien las grandes compañías mineras belgas, querían seguir explotando, más bien esquilmando, las riquezas minerales del país, estas riquezas eran: Contan, Casitepita, Diamantes, Uranio, Caucho, Cobre, Marfil y oro. La empresa Unión Minera del alto Katanga era la explotadora. de muchas de estas riquezas. Ante la presión que ejerció esta y otras importantes compañías mineras, el gobierno belga decidió apoyar a la provincia secesionista.

El gobierno de Patrick Lumumba, ingenuo él, decidió pedir ayuda a los EEUU, solicitó una entrevista con el presidente americano. Eisenhower, este no se dignó recibirlo. Demostrando una vez más la escasa sensibilidad que tienen los yanquis para lidiar con los problemas mundiales. Lumumba cometió un gran error, que a la postre le costaría la vida. Se volvió hacia la otra gran potencia la URSS.

Este giro Copérnico de Lumumba desató una campaña difamatoria y de desprestigio contra él. Y aunque este denegara una y otra vez que fuera comunista, la maquinaría ya se había puesto en marcha y no había forma de pararla. Hoy día a eso se le llama agitprop, pero en aquellas fechas no se era demasiado sofisticado.

Cuando fue destituido por el presidente Kasavubu, Lumumba que, teóricamente, estaba bajo la protección de la Naciones Unidas fue arrestado y conducido a Katanga donde fue entregado a los rebeldes katangueños. Estos, en un juicio sumarísimo, lo condenaron a muerte, lo condujeron a la sabana congoleña y lo ejecutaron. Era el 17 de julio de 1961.

En 1964 los partidarios de Lumumba, los Simbas (leones en swahili)[5] protagonizaron una revuelta y se apoderaron de parte del norte del país, derrotando a las mal equipadas y desmoralizadas tropas gubernamentales.

Ante esta nueva crisis, Moise Tshombe fue nominado primer ministro, que con el soporte logístico norteamericano y belga, y la contratación de más de 1 000 mercenarios bajo la dirección de Mike Hoare (Mad Mika) derrotó a los sublevados. Los masacró.

Los rebeldes, que habían cometido verdaderas atrocidades. contra súbditos occidentales principalmente, pero también contra los propios ciudadanos congoleños, mantenían retenidos a unos 2 000 súbditos occidentales. Sus vidas corrían serio peligro, por ello los paracaidistas belgas, con apoyo logístico norteamericano montaron una operación de rescate, liberaron a los rehenes y descubrieron con horror, que los simbas, en su cristiano fobia, habían violado y asesinado a las monjas, habían torturado y matado a los misioneros y a más de un centenar de rehenes.

Cuando el dictador comunista Fidel Castro, en su paranoia de salvador del mundo, decidió enviar tropas cubanas para liberar a el Congo de la dominación imperialista americana, el psicópata Che Guevara se ofreció a liderar esas tropas. Los mercenarios de Mike Hoara, en su última misión en el Congo, derrotaron a las desmotivadas tropas cubanas y el Che tuvo que salir del país precipitadamente.

Jean Pierre había permanecido en el Congo durante cinco lagos años. En ese periodo se había destacado como uno de los mercenarios más crueles y sanguinarios. Había violado, torturado, secuestrado y asesinado a cientos de personas.

Después de su periplo congoleño, Jean Pierre buscó y encontró refugio en España.

Enrique estaba a punto de dejar el dossier cuando el último párrafo llamó su atención

Allí se insinuaba que Jean Pierre había colaborado en algunas actuaciones que los tristemente famosos GAL (Grupos Antiterrorista de Liberación).

habían perpetrado contra ETA, tanto en suelo francés como en España. Estos grupos había cometido asesinatos y secuestros siendo auspiciados y financiados por el gobierno socialista de Felipe González.

Ante estos antecedentes Enrique no dudó en catalogar a Jean Pierre como sospechoso número uno.

Sin embargo, se preguntaba: ¿Qué pudo motivar a Jean Pierre a asesinar a Uribe? ¿Era suficiente la inquina natural de la extrema derecha contra la extrema izquierda y viceversa?, ¿Había habido algún daño colateral, a algún allegado o familiar de Jean Pierre, en alguno de los muchos asesinatos que ETA había perpetrado en nuestro país?

Tenía muchas preguntas, pero no tenía respuestas.

Pero sin descartar a ninguno, porque cualquiera de ellos podía matar a una persona sin que le temblara el pulso y sin despeinarse.

(1) El SAS o Strategic Air Service es una unidad de élite del ejército británico, fundada en el año 1941 en plena segunda guerra mundial. Inició su andadura en el desierto de Libia. Su lema es «who dares wins». «El que se atreve gana».

El SAS se compone de tres secciones:

El SBS Servicio Especial de Embarcaciones.

El SRR Regimiento Especial de Reconocimiento.

El SFSG Grupo de Apoyo de fuerzas especiales.

Las tres secciones conforman lo que se conoce como UKSF o Fuerza Especial del Reino Unido. La unidad está especializada en la lucha contra el terrorismo, el rescate de rehenes y las incursiones tras las líneas enemigas. Está considerada como la mejor unidad del mundo en operaciones encubiertas. La primera operación del SAS en el norte de África fue la operación Crusader, que resultó un auténtico desastre y que se saldó con 22 comandos capturados y siguiendo la directriz de Hitler, ejecutados.

Sin embargo, su segunda misión los catapultó a la gloria y a obtener el reconocimiento de los altos mandos del ejército británico que habían acogido la creación de la unidad con gran escepticismo cuando no beligerancia. Adentrándose en el desierto libio en unos vehículos acondicionado exprofeso, atacaron tres aeródromos alemanes destruyendo 60 aviones y perdiendo solo 2 hombres y tres vehículos.

(2) El grupo 13 es un grupo secreto formado por exagentes de la inteligencia militar y exmiembros del SAS especializados en misiones encubiertas negables, como asesinatos y secuestros. El grupo ha sido vinculado a varios incidentes controvertidos, como: La muerte de Gerald Bull diseñador del super cañón para Sadam Hussein en 1990. La muerte del Dr. David Kelly experto en armas biológicas en 2003. y el tiroteo a la WPC Ivonne Fletcher a las puertas de la embajada libia en 1984.

(3) La OAS fue una organización de extrema derecha fundada por el General Raoul Salan que se oponía a la independencia de Argelia. y que, ante el cambio de rumbo, más bien el bandazo, protagonizado por De Gaulle decidió seguir luchando. A ella se unieron otros militares destacados en suelo argelino, unidades como la legión y los paracaidistas y muchos civiles afincados o nacidos en Argelia, los famosos pier noir. Asesinaron a más de 2 000 personas, más del 85% ciudadanos de fe islámica. La reacción del FLN (Frente de Liberación Argelino) no se hizo esperar, sus represalias costaron la vida a más de 3 000 personas que fueron secuestradas, torturadas, asesinadas y hechas desaparecer.

(4) Parece que España ha sido siempre, primero con Franco y después con la pseudo democracia, el refugio preferido de nazis, asesinos, criminales, golpistas y dictadorzuelos de todo color y calaña

(5) Al leer esto Enrique se acordó de un payaso que había sido ministro de asuntos exteriores con el infame Zapatero y que se ufanaba de saber hablar ese idioma.

E. Larby

V   LOS INTRUSOS

Enrique había realizado su ejercicio mañanero, mientras pedaleaba en su bici estática, había degustado una taza de humeante café y engullido (él no masticaba los alimentos, simplemente los engullía) un par de tostadas con mermelada sin azúcar. Aunque sus pautas de alimentación habían sido siempre un desastre, ahora muy entrado en la cincuentena empezaba a cuidarse, o por lo menos lo intentaba.

Como hacía todas las mañanas salió a pasear por la urbanización. Le gustaba adentrarse por los senderos que había entre la maleza y recorría el perímetro, el sendero que discurría a lo largo de la valla metálica era su preferido, se habían visto obligados a instalar la valla metálica para evitar la entrada de los jabalíes que bajaban de los montes cercanos y que causaban grandes estropicios en el bien cuidado césped de la urbanización.

En contraposición con el tiempo soleado y sin viento que era normal en esas latitudes, el día había amanecido ventoso y algo fresco, el cielo cubierto de negros nubarrones amenazaba lluvia.

Al llegar a la parte más baja de la urbanización, que estaba cercana a una carretera muy poco transitada y que casi siempre estaba desierta, le llamó la atención, sus años como agente de campo con el CNI le habían hecho desarrollar un sexto sentido y agudizar sus dotes de observación, una parte del seto perimetral que parecía haber sido doblado por el viento, pero le extrañó que era un tramo muy reducido, el resto del seto estaba como siempre. Lo achacó al fuerte viento reinante, pero llevado por su curiosidad se acercó a inspeccionar. Descubrió que el tramo de seto no estaba doblado por el viento como era de esperar, sino que estaba como pisado, las ramas estaban quebradas, no estaban dobladas.

Movió un poco las ramas y descubrió que la valla metálica estaba cortada, un corte longitudinal que apartándolo con las manos permitía la entrada de una persona. El corte era limpio como producido con una cizalla, no era un desgarrón ocasionado por el viento. Se preguntó: ¿Habría algún intruso penetrado en la urbanización? Constató que la hendidura estaba relativamente cerca de la vivienda en la que había habitado Uribe, el etarra asesinado.

Empezó a atar cabos, el tema apuntaba a una incursión foránea, aunque no había pruebas fidedignas que así lo asegurara.

Decidió darse un garbeo por el país vasco donde aún tenía algunos contactos.

Al regresar a su apartamento y dado que su vuelo a Bilbao no partía hasta el atardecer decidió estudiar el dosier de Michel O´Brien.

El dossier comenzaba con una descripción física del individuo: larguirucho, delgado, pelo gris pero que había sido rojizo, brazos y piernas muy largos, flácidos, pero que en su tiempo habían sido fuertes, ojos verdes muy claros, inquisidores, de carácter nervioso, sus ojos parecían estar siempre alerta, observadores, inquietos, parecía un animal olfateando a sus depredadores. Su aspecto era descuidado, despreocupado en el vestir. Su aspecto juvenil no denotaba que ya estaba más cerca de los ochenta que de los setenta.

Su inglés, el de O´Brien no el del dossier, tenía un fuerte acento irlandés.

Michel O'Brien había sido un importante dirigente del IRA (Ejército republicano irlandés).

Enrique decidió leerse el dossier completo, aunque ya tenía claro que el asesinato había sido perpetrado por agentes externos a la urbanización.

Había reservado el vuelo de Iberia IB5500 que saldría de Málaga a las 21,30horas y llegaría al aeropuerto de Sondica a las 23,00horas. Tenía todo el día para leer y analizar el informe.

El informe comenzaba haciendo una descripción generalizada de la organización y sus atentados más relevantes.

El IRA (Irish Republican Army) ejército

republicano irlandés fue creado en 1919 con la finalidad de conseguir la independencia de Irlanda y abandonar la dependencia del Reino Unido y eligieron la vía de las acciones armadas, tipo guerrillas.

Lo que al principio nació como una organización con un fin noble e idealista, con el tiempo devino, como suele ocurrir en toda organización que nace con la violencia, en una simple banda terrorista, que secuestra, chantajea y asesina.

Al leer estas líneas Enrique no pudo más que pensar en la similitud que tenía esta organización con la ETA.

El dossier proseguía: Entre las acciones terroristas más espectaculares y sangrientas perpetradas por la organización fue en 1979 cuando asesinaron a Lord Mountbatten, tío de la reina Isabel y anterior virrey de la India.

Este desoyendo las advertencias de la policía irlandesa, muy inglés él pensó Enrique, decidió disfrutar sus vacaciones de verano en su lugar habitual en Classierbawn. El 27 de agosto salió a navegar como era su costumbre.

Los terroristas lo estaban observando desde un acantilado e hicieron explotar, con control remoto, la bomba de 25kg que la noche anterior habían puesto en la embarcación.

Ese mismo día los terroristas mataron a 18 soldados británicos en el condado de Dowy.

La siguiente acción que protagonizó el IRA, que atrajo la atención de los medios de comunicación, fue cuando comenzaron una huelga de hambre para reivindicar los que ellos llamaban las cinco demandas.

Los presos de organizaciones terroristas habían sido tratados como presos comunes hasta julio de 1972, cuando se introdujo la «categoría especial» (Special Category Status) tras una huelga de hambre de cuarenta prisioneros. Ese estatus «político» significaba en la práctica que los presos eran tratados como prisioneros de guerra; por ejemplo, no tenían que llevar uniforme penitenciario ni realizar trabajos en la prisión.

En 1976, como parte de la política denominada de «criminalización», el Gobierno Británico acabó con la categoría especial para los prisioneros paramilitares de Irlanda del Norte. Dicha política se introdujo no para los ya convictos sino para los que cayeran presos tras el 1 de marzo de ese año. El final de la consideración de «políticos», además de un golpe propagandístico, implicaba un serio desafío, dentro de las propias prisiones, a la autoridad de los líderes de los presos.

La inminente desaparición de la categoría empezó a causar roces entre los presos y los funcionarios de prisiones. En abril, el IRA asesinó a Patrick Dillon, el primero de los dieciocho funcionarios de prisiones asesinados durante los cinco años que duró la protesta.

El 27/10/1980 el IRA comenzó la primera huelga de hambre

que duró 53 días, eligieron a siete miembros para simbolizar a los siete firmantes de la declaración de la República de Irlanda. Los terroristas depusieron su actitud y abandonaron la huelga de hambre cuando le concedieron sus cinco demandas.

La segunda huelga de hambre fue un pulso entre los terroristas y la primer ministra Margaret Thatcher, que se mostró inflexible y no transigió con las peticiones de los huelguistas. Ella se mantuvo firme y declaró: «No estamos preparados para considerar un estatus especial a gente que cumple condena por crímenes, crímenes no es política».

A pesar de las presiones del enviado del Papa y de los de la Comisión Europea de Derecha humanos El gobierno británico se mostró inflexible, los huelguistas también se mostraron inflexible. Murieron diez. Michel O´Brien se salvó.

Margaret Thatcher que no mostró, nunca, el menor remordimiento, declaró en el parlamento: «Eran criminales convictos. Eligieron acabar con sus vidas, esa es una opción que ellos no conceden a sus víctimas».

El informe forense dictaminó: «muerte por inanición infringida».

Cuando Enrique leyó estos párrafos no tuvo por menos que pensar en la diferencia entre este trato y el de favor que tienen los asesinos de ETA, Que están siendo acercados a cárceles en el país vasco y que pronto serán liberados por los chantajistas del PNV. Entre todos los acercados suman un total de 296 muertos.

Enrique volvió a la lectura. El informe proseguía:

En octubre de 1984 el partido conservador liderado por la Sra. Thatcher celebraba su congreso en la ciudad balneario de Brighton.

La primer ministra y altos dirigentes del partido se hospedaron en el Grand Hotel. Aproximadamente a las tres de la madrugada una potente explosión estremeció el edificio. Había explotado una bomba de 9 kg de lignitita que el IRA había puesto en una habitación situada en el piso inferior en el que se hospedaban los dirigentes del partido conservador. Murieron cinco personas.

La Sra. Thatcher que estaba preparando su discurso para el día siguiente resultó herida. Pronunció su discurso con toda calma y serenidad.

El IRA emitió un comunicado enfatizando:

La señora Thatcher ahora se dará cuenta que Gran Bretaña no puede ocupar nuestro país y torturar a nuestros prisioneros, disparar contra nuestra gente en nuestras propias calles y salirse con la suya. Hoy no tuvimos suerte, pero recuerde que solo necesitamos tener suerte una vez. Usted tendrá que tener suerte siempre. Dele paz a Irlanda y no habrá más guerra.

A lo que la Sra. Thatcher respondió:

Esta es la clase de violencia que tenemos que padecer, y el hecho de que hoy nos reunamos aquí, impresionados, pero compuestos y determinados, a dar una señal de que no solo este ataque ha fallado, sino que todos los atentados que buscan destruir la democracia, fallarán.

Al llegar a este punto Enrique no tuvo más que admirar la entereza y la dignidad de la respuesta. No pudo sino añorar que los dirigentes españoles, tanto conservadores como los autollamados progres no tengan esa integridad moral y ese respeto a las instituciones y a los ciudadanos a los que, teóricamente, sirven y que con sus impuestos le pagan sus sueldos.

Decidió tragarse su rabia y continuar leyendo. El dossier se refería al incidente que se produjo en Gibraltar.

En marzo de 1988 un comando del SAS sorprendió a tres terroristas del IRA que pretendía cometer un atentado en esa colonia. Pretendían hacer explotar un coche bomba delante de la residencia del Gobernador de la colonia, mientras se realizaba el cambio de guardia, ceremonia que era contemplada por muchos turistas. De haber tenido éxito habrían provocado una gran matanza.

Los pusilánimes, o farsantes, de siempre (es decir los falsos progres) orquestaron una campaña acusando de asesinato a los SAS. La extrema izquierda española tan sensible ella, para unos casos y tan insensible para otros, argumentaba que a los terroristas tenían que haberlos detenido no tiroteado, los «empesebrados» medios de comunicación le siguieron el juego. Quisieron buscar culpables, pero no contaban con la reacción de la Sra. Thatcher. La primera ministra hizo una declaración institucional, en ella declaró tajantemente: «Yo disparé».

Enrique otra vez involuntariamente tuvo que comparar esta valiente declaración y asunción de responsabilidad con la reacción de Felipe González, evadiéndose descaradamente de asumir su responsabilidad en el tema de los GAL.

Lo que el IRA no consiguió en Gibraltar, provocar un baño de sangre de inocentes, lo ejecutó en Omagh, una población al oeste de Belfast, al hacer estallar un coche bomba, matando a 29 personas, entre ellas un niño español de 12 años Fernando Blasco Baselga y su tutora, de 23 años, también española, Rocío Abad Ramos. La explosión dejo además 220 personas heridas, algunas de gravedad.

Michel O'Brien había sido unos de los integrantes del comando asesino.

Enrique decidió que ya tenía bastante. Y aunque constató que Michel O´Brien era un tipo que podía resultar muy peligroso, no lo consideraba autor del asesinato.

VI   LA ESTRATEGIA

Aunque Enrique no había leído el libro escrito muchos años antes de Cristo por el sabio chino Sun-Tzu titulado «El arte de la guerra» (Ping Fa), en los cursos de adiestramiento del CNI lo habían mencionado profusamente, haciendo hincapié en algunos de los consejos que allí se vertían.

Enrique recordaba tres en particular:

A)   Si quieres que el zorro salga de su madriguera, haz mucho ruido.

B)   Un hombre no puede derrotar a un enemigo invisible. ¡Hazte invisible!

C)   Conoce a tu enemigo.

Se propuso seguir al pie de la letra estos sabios consejos.

Conocía la localidad de Algorta en Getxo (Vizcaya) pues había residido allí cuando hacía trabajo de campo, en sus primeros años en el CNI, en la lucha contra el terrorismo de ETA. Allí empezaría a conocer mejor, aunque ya tenía suficiente experiencia en este campo, a su enemigo. Los tiempos habían cambiado, la tecnología también.

Decidió prescindir de La Casa porque, aunque no lo sabía a ciencia cierta, sí sospechaba que había connivencia entre el gobierno social comunista y La Casa para no actuar contra los intereses de los nacionalistas del PNV y los terroristas de ETA.

El CNI sabía, a ciencia cierta, que la ETA no se había disuelto, que todas esas patrañas que publicaba la prensa, la entrega de armas, era una falacia. La ETA estaba bien viva, aunque en estado «durmiente», pero que, si no se aceptaba su continuo chantaje o cambiase el signo del gobierno, la ETA podría resucitar en cualquier momento y de forma más violenta si cabe. La ETA era muy consciente de la debilidad, cada vez más creciente, de la adormecida sociedad española.

Enrique sería un freelance, actuaría por su cuenta y riesgo. Un kamikaze.

Alegando motivos de salud solicitó unos meses de permiso. Llevaba más de 10 años sin tomar vacaciones. La solicitud fue recibida por sus nuevos jefes con un suspiro de satisfacción y le fue concedida inmediatamente.

Últimamente habían tenido muchos encontronazos con ese empleado tan independiente e indisciplinado.

Sus nuevos jefes, nombrados a dedo por el gobierno social comunista, no tenían las cualificaciones requeridas, la única cualidad que poseían era el carnet del partido y ser fieles a aquel que les había regalado una posición tan deseable.

El primer paso de Enrique sería estudiar a su enemigo. ¿Dónde se desinhibían más los etarras? Al calor de unos chiquitos y rodeados de una parroquia fiel, y se les soltaba la lengua. Esos lugres eran los batzokis. Las tabernas vascas.

Enrique sabía que en Algorta había uno que era muy frecuentado, incluso durante la dictadura, por muchos miembros de ETA. El batzoki Getxo en la avenida Algortako Etorbidea. Allí comenzaría su ataque. El otro objetivo sería la sede de Bildu en la calle Buenos Aires número 2 de Bilbao.

Para hacerse invisible pensó que lo más sensato era actuar desde afuera del país vasco.

Después de sopesar y analizar diversas opciones se decidió por la localidad cántabra de Castro Urdiales. le pareció que reunía las condiciones adecuadas para pasar desapercibido.

Entre las varias ventajas que ofrecía esta localidad las más importantes eran:

a) Su proximidad a Bilbao, a 35 km por la autopista A8, la antigua carretera nacional, que él conocía tan bien, estrecha y llena de curvas peligrosas había desaparecido.

b) Sus casi 20km de litoral, ofrecía unas condiciones idóneas, para evitar interferencias a señales de audio y video, si es que fuera necesario enviar señales desde la distancia, por control remoto.

c) Era lugar muy frecuentado por los vascos, de hecho, había una numerosa colonia vasca residiendo permanentemente en esa localidad.

d) Lugar turístico, un aspirante a jubilado pasaría desapercibido.

Alquiló un coqueto apartamento a pie de playa, esencial para sus propósitos, de entre todos los disponibles eligió uno situado en la cuarta planta del edifico de la calle Ataúlfo Argenta número 10, con una espléndida terraza con vistas a la ensenada de Brazomar, a la punta de Cotolino y al parque del mismo nombre.

Contrató con una empresa de telefonía los servicios de Internet. Le ofrecían, por 189 euros al mes, un wifi portátil 4G, sin necesidad de instalación, posibilidad de conectar hasta 10 dispositivos, conexión de alta velocidad, batería de larga duración y recepción ilimitada de datos. Precisamente lo que necesitaba para el plan que estaba pergeñando en su mente.

Compró un coche de segunda mano matriculado en Bilbao, un Mercedes Benz ML20 Avangarde 4Matiz de 224cv y con 85 000km. Pagó al contado los casi 20 000 euros. que costaba.

Recogió a Mr. Chip.

Enrique siempre lo llamaba así, Mr. Chip, aunque sabía que se llamaba Fernando Cortés.

Fernando era bajito, 1,5m, ojos muy vivaces y cabeza desproporcionada, demasiado grande para su minúsculo cuerpo. Piernicorto y bracicorto, un cerebro excepcional, él decía que tenía un coeficiente de 140. Y una habilidad innata para navegar por internet y penetrar sistemas.

Tenía poco más de 20 años, introvertido, solitario, vivía en una especie de buhardilla, rodeado de sus gadgets electrónicos. Se había creado su propio mundo.

Hacía un par de años que los servicios de seguridad informática del CNI en la cuesta de las Perdices, en la carretera de la Coruña, (Enrique no entendía porque en las señales de tráfico indicaban A Coruña), habían detectado un caso de intrusismo en sus sistemas informáticos que los dejó perplejos, sorprendidos y confundidos. Alguien sin autorización, un «hacker», un pirata informático, se había estado paseando por su red, no había robado nada, no había introducido un virus, solo había curioseado un poco y con el mismo sigilo que entró se marchó. No dejó huella, ni un solo trazo que lo pudiera delatar. Debía ser muy bueno.

Para Fernando romper las barreras de los sistemas informáticos de instituciones oficiales, bancos y grandes corporaciones era un pasatiempo, unos juegan al solitario, y él jugaba a penetrar sistemas. Cada vez que lo conseguía era un motivo más para aumentar su autoestima, que tampoco era que la tuviera muy alta.

Una noche estaba entrando en el sistema del CNI, cuando sonó una llamada entrante en su teléfono móvil, estaba tan absorto en su deporte favorito que, aunque el móvil lo tenía delante de sus narices no se enteró, pero ante la insistencia de la llamada se percató y respondió. Esto fue su perdición.

Le llamaba una chica que le gustaba, ella con una voz dulce, aterciopelada e insinuante, le decía que le gustaría ir a verlo y jugar un rato al minecraft. Fernando estaba desarrollando algunas cosas en ese video juego.

Fernando que era muy tímido se sentía en el séptimo cielo cuando esa chica, rubia, de ojos de color castaño, esbelta y con unas piernas de infarto le estaba pidiendo compartir unas horas con él. Perdió la noción del tiempo. Ni se acordaba de que estaba violando una de las más protegidas y secretas redes de información de un organismo oficial. Cuando quiso reaccionar ya era demasiado tarde. Había dejado una huella que inevitablemente llevaría a su descubrimiento.

Cuando rastrearon la intrusión e identificaron al intruso le encargaron a Enrique que montara un discreto dispositivo para evaluar el potencial peligro de ese intruso. El CNI no quería ni por lo más remoto, que el caso se hiciera público con el consecuente desprestigio para La Casa. Ya estaban ellos lo bastante desacreditados como para añadir una violación de sus sistema que se suponía impenetrable.

Después de varios días de vigilancia, discretos interrogatorios a los vecinos y la inestimable ayuda de una tienda de ordenadores, situada en la misma zona donde se suponía residía el intruso, Fernando fue descubierto.

Cuando Enrique abrió la puerta de una patada, llevando un revolver en la mano y un pasamontaña que solo dejaba ver sus ojos, Fernando se hizo pis, se tiró al suelo llorando como un bebé al que acaba de despertar un trueno.

Enrique vio a un chiquillo asustado, viviendo en un cuchitril, en semioscuridad, con un colchón tirado en el suelo, una silla desvencijada y una mesa llena de restos de comida de McDonald y Kentucky Fried Chiken no podía creer que ese era el pirata informático que había penetrado un sistema valorado en varios miles de millones de euros, con cientos de cortafuegos y claves.

Lo interrogó de forma amistosa y llegó a la conclusión de que ese chiquillo era inofensivo. Dándose cuenta del potencial que se vislumbraba en el personaje, decidió que podría ser muy útil al centro. Le hizo prometer que nunca más, y nunca más significaba eso, nunca más, entraría en ese sistema.

Y para enfatizar ese nunca, le dijo: «y como se te ocurra entrar otra vez, volveré, y te cortaré los «cataplines», frase que acompaño haciendo un gesto con el dedo índice y corazón como de unas tijeras cortando algo.

Fernando que estaba luchando por evitar hacerse pis otra vez, lo prometió, como hubiese jurado que fue él quien mató a Kennedy y a Martin Luther King Jr. Haría lo que fuese por acabar con esta pesadilla, Enrique recomendó que el CNI olvidara el incidente y que, ocasionalmente, le encargara algunos trabajos menores, algunos trabajos que el centro no podía abarcar. Fernando no sabría quien le encargaba estos trabajos. Enrique tomó buena nota de las cualidades y de la habilidades del chico.

Se habían mantenido en contacto y de alguna manera Fernando se convirtió en el hijo que Enrique no había tenido.

Ahora lo iba a necesitar.

Hicieron un viaje relámpago a París, en su Mercedes Avangarde, para comprar todo el material electrónico que necesitarían. Como no quería dejar huellas decidió adquirir todo el material directamente en Francia. Pagaría en metálico.

Durante el viaje Fernando le fue enumerando la lista de la compra, necesitarían: Un ordenador Hauwei

Matebook D14, con procesador Intel Core i7, 16 GB de memoria RAM y 552 GB SSD, que usaría Fernando.

Un HP Envy 13, con procesador Intel Core i7, 16 GB de memoria RAM y 512 GB y tarjeta gráfica Nvidia Geforce MX 350 para Enrique.

Una impresora escáner de HP.

Y, por último, lo más importante, una mini grabadora de voz, la que les ofrecieron tenía una capacidad de grabación de hasta 150 horas, protección, con contraseña, de las grabaciones, programador de grabación, modo de grabación circular o lineal e inter faz 3.0.

También compraron un convertidor de voz a texto. Cuando Fernando pidió este artilugio Enrique lo miró sorprendido no tenía ni idea de que esas cosas existieran.

Pero les faltaba adquirir todavía otro artilugio que no encontraban ni en las tiendas especializadas ni en Internet.

Buscarían alojamiento y al día siguiente regresarían, tenían mucho trabajo que hacer.

E. Larby

VII EL PLAN DE ACCIÓN

Enrique estaba malhumorado, nervioso, enfadado consigo mismo y desesperado, no conseguía encontrar en el mercado ningún artilugio de escucha que le satisficiera mínimamente para instalar en la sede que Bildu tenía en Bilbao. Sabía lo que quería hacer, pero no encontraba con qué hacerlo.

Había encontrado el aparato idóneo para instalar en el Batzoki de Algorta, pero le faltaba el principal, la sede del partido de la ETA.

Barajó la posibilidad de alquilar un piso o local enfrente del edificio que albergaba la sede y montar un dispositivo de escucha como los que montaba el CNI, pero él no podía, no tenía los medios y era muy peligroso.

Su desesperación le llevó a tomar una decisión que, si se hiciese conocida, sería muy peligrosa para él y para lo que tenía pensado.

Telefoneó a uno de los pocos amigos que tenía en La Casa.

Le pidió que saliese a la calle y le llamase desde un teléfono público. El amigo quiso preguntar algo, pero Enrique lo paró en seco, le dijo: ¡No preguntes, sal y llámame! Lo dijo en un tono tan imperante que el amigo calló. Le facilitó un número que pertenecía a un móvil desechable que había adquirido.

Cuando el amigo llamó tenía mil y una preguntas, Enrique, esta vez un poco más calmado no lo dejó terminar, le dijo: «Pepe, me debes muchos favores, ahora necesito que tú me hagas uno y así saldaremos nuestra cuenta».

Pepe preguntó: ¿En qué lío estas metido? Enrique le replicó: «Por tu bien, no hagas preguntas, cuanto menos sepas mejor para ti, solo haz, por favor, lo que te pido, y escucha con atención»: «Necesito que me consigas uno de esos artilugios inalámbricos que tenemos, el último modelo, para espiar embajadas y sedes de partidos políticos».

Pepe empezó a balbucear algunas palabras de protesta, pero Enrique no lo dejó terminar, simplemente le dijo: «Hazlo», para añadir, ya más calmado: «Por favor hazlo, es un tema muy importante, y no dejes rastro».

Pepe, al fin pudo articular palabra, dijo: «Lo intentaré». Enrique dijo: «No lo intentes, hazlo, sé que puedes».

Enrique le dio instrucciones para la entrega, le dio el, nombre y la dirección de una cafetería que Enrique solía frecuentar cuando estaba en Madrid. Le dijo que preguntara por Stan y que le dijera que era para entregar a Oliver. Enrique y el receptor del paquete eran amigos desde el colegio y jocosamente se apodaban Stan y Oliver en recuerdo de la pareja de cómicos que en España se conoció como «el gordo y el flaco». Stan Laurel y Oliver Hardy.

Unos días después, desde otro móvil desechable, el anterior lo había arrojado desde un acantilado al mar, llamó a Stan para saber si el paquete había sido entregado. Al oír la respuesta se puso en marcha. El móvil desechable corrió la misma suerte que el anterior.

Las trampas estarían preparadas en pocos días, ahora tenía que pensar en cómo hacer salir al zorro de su madriguera.

Fernando estaba enfrascado en sus cosas, cuando pensó en voz alta y exclamó: - «Joder, el Rey tiene cuentas secretas en Suiza con cientos de millones de euros en ellas»-. Enrique se sobresaltó y le preguntó: - «¿Dónde estás leyendo eso?»-, - «En un periódico digital» respondió Fernando. A Enrique se le encendió una luz en su cerebro. «¡Eso es, la opinión pública!».

Recordó que conocía, no eran amigos solo conocidos, al director de uno de esos digitales, que ahora, florecían como hongos en el panorama de los medios de comunicación patrios, los periódicos de papel estaban en decadencia y en breve desaparecerían víctimas de estas jaurías de tiburones que les hacían la competencia.

Su amigo le debía ciertos favores, filtraciones que Enrique, bajo las indicaciones de sus jefes, le hacía de vez en cuando. Noticias sobre malversaciones de fondos de algunos políticos, líos de faldas de empresarios y banqueros, etc. El pan nuestro de cada día en esa sociedad de braguetas calientes que era la sociedad española de la época. Bueno de todas las épocas. El coletas, ese remedo de político acomplejado y resentido que se había hecho un hueco en la política española era el blanco preferido del periódico. La verdad es que el personaje daba para mucho, demagogo barato, sin escrúpulos y una pinta de «macarra» que no se aguantaba. Todas sus compañeras de cama terminaban de porta coces de su partido, aunque cuando se acababa la relación eran mandadas al gallinero. Así se denomina en el argot parlamentario a la parte alta del hemiciclo.

Llamó, desde un desechable, a su amigo y después de los saludos de rigor y de las banalidades habituales, le dijo: --«Necesito hablar contigo de un asunto importante y que puede interesar a tu periódico. ¿Te parece bien si mañana aparezco por ahí?».

El amigo intentó preguntar algo, pero Enrique, eso sí, muy educadamente le dijo: «Mañana».

Hizo la reserva de los vuelos de ida y vuelta, saldría de Bilbao en el vuelo Iberia IB0423 que salía a las 09,25horas y regresaría en el IB0438 que llegaría a Sondica a las 17,00horas.

Visitó a su amigo, le contó lo que planeaba este, que era perro viejo en el oficio, captó al instante el potencial del tema y como un sabueso hambriento olfateó la carnaza, y se apuntó al aquelarre.

Enrique fue a visitar a Stan, se tomó un café, comió un plato combinado de lenguado con patatas fritas, degustó su Mahou 0/0 tostada. Y salió disparado hacia el aeropuerto Adolfo Suarez de Madrid.

A las nueve estaba en la terraza de su apartamento saboreando con placer que su plan estaba a punto de comenzar.

Mientras Fernando estaba manipulando el artilugio del CNI y tratando de modificarlo para incorporarle las nuevas prestaciones que Enrique le había dicho que necesitaba.

La máquina tecnológica que Fernando tenía como cerebro y su 155 de coeficiente de inteligencia, estaba funcionando a tope. Estaba en su hábitat natural, la manipulación de artilugios.

El periódico que dirigía su amigo se había distinguido por una serie de exclusivas, sacando a la luz algunos de los muchos trapos sucios de una sociedad corrompida hasta el tuétano, ante la indiferencia de una ciudadanía abotargada e indiferente, los ciudadanos estallaban como una gaseosa al conocer ciertas tropelías de políticos, empresarios, banqueros y otras gentes de mal vivir, inundaban las redes sociales con insultos y comentarios atroces, pero la tormenta duraba un par de días, luego se diluía como azucarillo en café caliente. ¡y otra de gambas al ajillo!

El gobierno social comunista del presidente «cum fraude» y sus socios separatistas y golpistas eran el foco de su atención, había sacado exclusivas de actos tan bochornosos, hechos que en otros países hubiese significado la caída en desgracia de ministros e incluso del propio gobierno pero que en España no tenían consecuencias. Nadie dimitía y nadie era defenestrado, parecían actos normales. Parecía que, en su fuero interno, los españolitos pensaban que, si pudieran, ellos también lo harían.

Algunas de estas exclusivas fueron:

A) El rescate de la línea aérea chavista Plus Ultra que había costado a los bolsillos de los españolitos más de 54M de euros.

B) El delcygate, la entrada en España de la mano derecha del dictador venezolano Maduro, Delcy Rodríguez que teniendo prohibida la entrada en Europa, fue recibida, agasajada y paseada por el ministro de transportes, que además tuvo la desfachatez de permitirle desembarcar cuarenta maletas sin pasar ningún tipo de control y de las cuales cinco se perdieron sin dejar rastro.

C) La compra masiva de mascarillas a una empresa de amigos del citado ministro sin que esta empresa estuviera cualificada para ese negocio. El costo total fue de 53m de euros.

D) El doctorado cum fraude del presidente del gobierno Esto en un país serio hubiese supuesto la dimisión inmediata del sujeto, en España más del 20% de los votantes lo sigue haciendo por el individuo.

E) Destapó también las cuentas millonarias que el emérito tenía en Suiza.

F) Y dio a conocer las numerosas aventuras sexuales, del monarca, «canas al aire».

Era el periódico ideal para la mascletá que estaba preparando.

El periódico sabía cómo dosificar la información, para sacar el máximo rendimiento a este tipo de noticias, iba soltando retazos de ella un día tras otro.

Habían acordado Enrique y el director que sería Enrique, cuando las trampas estuviesen preparadas, el que diría cuando dar el pistoletazo de salida.

A las 10 de la mañana del día siguiente del viaje de Enrique a Madrid, un hombre mayor, de andar lento y cansino caminaba por la avenida Algortako Etorbidea, en la vizcaína ciudad de Algorta, en dirección a la Andrés Cortina Kalea, se detuvo en la pequeña plazoleta que hay en la confluencia de ambas calles, atisbó detenidamente hasta cerciorarse que no había moros en la costa y se dirigió parsimoniosamente hasta el árbol que hay en la plazoleta justo enfrente del Batzoki Getxo.

El hombre vestía un pantalón de color negro, de tela plastificada, como los que usan los empleados de medio ambiente del ayuntamiento, los pantalones tenían cuatro bolsillos delanteros, dos en cada pernera, en donde llevaba sus herramientas. Vestía una especie de chaquetilla de color amarillo chillón y en su espalda llevaba dibujada una figura de un pájaro cantando y la leyenda en grandes letras blancas «Save the Birds». una ONG consagrada a la protección de todo tipo de aves.

En su mano derecha llevaba una bolsa de mano de la que extrajo dos artículos, un comedero para pájaros, el cual colgó de una rama exterior del árbol, y que posteriormente rellenó con una mezcla de alpiste y cañamones, y una casita, que era un nido de cría. La casita la colgó en una rama interior, muy cerca del tronco del árbol. Terminado su trabajo se quedó un rato admirando su buena acción del día.

Lo que nadie vio, porque no había nadie observando, y aunque hubiese habido algún curioso, tampoco lo habría visto, era que en la pared posterior de la cajita y pegada al tronco del árbol estaba la mini grabadora, mini de tamaño, pero potente de prestaciones, que días antes alguien había adquirido en Paris.

La primera trampa ya estaba dispuesta, al día siguiente estaría la segunda.

El etarra que hacía labores de guardia de seguridad en la sede de Bildu en Buenos Aires Kalea número 2 de Bilbao, aún estaba somnoliento, después de una tarde-noche de txiquitos con la cuadrilla por el casco viejo (Zazpi Kaleat), todavía no se había despertado del todo.

Cuando vio pasar delante del portal a dos operarios que vestían un buzo azul con el logo de una compañía de telefonía pintada en la espalda, no les prestó demasiada atención ni importancia.

Al poco rato al etarra le alarmó el estruendo que un taladro estaba causando. Salió disparado a indagar que pasaba. Cuando vio a un operario, un poco mayor, subido en lo alto de una escalera metálica, empuñando un taladro portátil, que horadaba la pared del edificio, corrió hacia allí vociferando como un condenado a galeras: - «¿Qué coño estáis haciendo?»-. El individuo era fino y educado.

El hombre mayor, sin perder la sonrisa, le contestó desde lo alto de la escalera: - «estamos instalando un receptor inalámbrico para mejorar la recepción de internet» y añadió en tono sarcástico: «Si te molesta, lo dejamos y nos piramos». Y añadió: «Luego que tus jefes no se quejen de la lentitud de Internet».

El etarra que era un poco, más bien un mucho, obtuso, dio media vuelta y desapareció.

Terminado su trabajo los dos hombres recogieron sus bártulos y desparecieron calle abajo, cruzaron a pie el puente del Ayuntamiento, doblaron a la izquierda, llegaron al campo del Volantín, se sentaron en un banco a la sombra de unos árboles, se cambiaron de ropa, hicieron un fardo con los buzos, se acercaron al borde de la ría y cuando nadie los observaba arrojaron el fardo al agua. Este se hundió rápidamente por el peso del taladro y de la caja de herramientas. La escalera metálica la dejaron apoyada en un árbol. No tardaría mucho en desaparecer.

Una hora después estaban en la terraza del apartamento degustando una cerveza fría y mirando al mar.

E. Larby

VIII   EL RUIDO

El digital de su amigo sabía muy bien como dosificar la información de este tipo. La sacaría a cuentagotas para así mantener la atención de la gente. Sabía que las noticias, si las das completas, se queman pronto.

Ese día la noticia principal, en la primera plana y grandes caracteres, decía:

EL CUERPO DEL HOMBRE HALLADO AHOGADO EN UNA PISCINA DE UNA URBANIZACIÓN EN MARBELLA ES EL DE IÑAKI URIBE DESTACADO MIEMBRO DE ETA

Y continuaba en caracteres normales.

La muerte no fue por ahogamiento, como oficialmente, sino que fue asesinado, la autopsia ha identificado se ha informado restos de una toxina muy potente en su cuerpo.

Fuentes policiales sospechan que ha sido un ajuste de cuentas.

Este periódico seguirá investigando el caso que se presenta algo oscuro.

Enrique se frotaba las manos de satisfacción, la semilla ya había sido sembrada, ahora había que sentarse y esperar a que germinara.

Dos días después el digital volvió a la carga. Siempre como noticia principal y en primera plana, decía:

URIBE HABRÍA RENUNCIADO A CONTINUAR MILITANDO EN ETA.

Como un seguro de vida, recordaba el caso de Yoyes[1] la militante que se había reinsertado y fue asesinada con un tiro en la nuca en el paseo Gudari Etorbidea de Ordizia (avenida del Soldado Vasco), de su pueblo Ordizia en presencia de su hijo de tres años. Uribe habría sustraído documentos que involucrarían en acciones criminales, no reivindicadas por la banda, a esta y también a instituciones estatales y partidos políticos.

El ruido comenzaba a ser estruendoso, habría que tener paciencia y esperar hasta ver cuanto el zorro iba a aguantar sin perder los nervios y dar un paso en falso.

Enrique sentado en la terraza, contemplando como las gaviotas se procuraban su almuerzo en un mar en calma chicha, no muy frecuente en aquellas latitudes, saboreaba un güisqui chivas 18, cosa que no hacía a menudo, pero que la ocasión así lo requería.

Enrique y Fernando seguían su rutina.

Cada dos o tres días el hombre mayor de la ONG Save the birds hacía su aparición por la Andrés Cortina Kalea y con su parsimonia habitual rellenaba el comedero con su mezcla de alpiste y cañamones, y echaba una ojeada al nido, para ver si alguna pareja había iniciado su puesta. Lo que nadie veía era que su mano derecha se deslizaba por detrás del nido y con su lápiz lector, hábilmente manipulado por Fernando, copiaba lo que la mini grabadora había registrado, hecho esto borraba lo grabado y la dejaba a cero. Disimuladamente guardaba el lápiz en su bolsillo, se quedaba un rato contemplado extasiado el nido y el comedero y se marchaba.

Mientras tanto Fernando estaba sentado en el Kafé Kovac, justo enfrente de la sede bilbaína de Bildu, saboreando un café y un croissant, con su portátil conectado a un canal de música, con sus cascos inalámbricos puestos y balanceando su cuerpo al ritmo de la música. Mientras su lápiz lector conectado al puerto USB 3.0 hacía su cometido, copiando lo que el artilugio de escucha instalado en la pared de la sede de Bildu le transmitía, cuando el lápiz terminó su trabajo, Fernando cerró su portátil, se quitó los cascos, pagó su consumición y se fue paseando tranquilamente, cruzó el puente del ayuntamiento, se acercó al paseo del Volantín, se sentó en un banco a esperar a que Enrique apareciese. Abrió su portátil se conectó a su canal de música favorito, se puso los auriculares y se quedó semidormido.

Al regreso a su apartamento Fernando se dedicaba a sus cosas, mientras Enrique se concentraba en escuchar una y otra vez las grabaciones. A veces pedía a Fernando que convirtiera algún pasaje de audio a texto para así analizarlo mejor. Pero ninguna de las grabaciones contenía nada interesante.

En los ratos que estas actividades le dejaban libre Enrique decidió seguir los consejos del sabio chino Sun-Tzu: «Estudia a tu enemigo».

Decidió buscar información y leer todo lo que se hubiese publicado sobre la banda terrorista, desde sus inicios hasta el presente. Quería saberlo todo y al máximo detalle.

Esto es lo que recapituló:

La organización terrorista ETA (Euskadi Ta Askatasuna) por sus siglas en euskera (País vasco y Libertad) en castellano, nació en 1959 y se estructuró sobre cuatro pilares fundamentales:

A) La defensa del euskera, (que estaba prohibido y perseguido por el régimen franquista).

B) El etnicismo (como fase superior del racismo).

C) El antiespañolismo.

D) La independencia de los territorios que ellos pensaban conformaba Euskadi: Álava, Vizcaya, Guipúzcoa, Navarra e Iparralde, (Baja navarra francesa).

Al leer estos cuatro pilares Enrique pensó que la organización había dejado bien claro, desde el principio, y sin lugar a duda cuales eran sus propósitos.

Se preguntaba como él y otros jóvenes idealistas como él, habían acogido con tanta simpatía la irrupción de esta organización en la escena española. Es verdad que en aquella época todo lo que fuese oposición al franquismo era bienvenida, alabada y aplaudida. También es verdad que estos fundamentos que rezumaban racismo y antiespañolismo no se conocían.

Un pensamiento jocoso le vino a la mente: ¿Por qué conformarse solo con eso? ¿Por qué no reivindicar Filipinas, donde había muchos pelotaris vascos, o algún país de sur América, donde al fin y al cabo había grandes núcleos de población de ciudadanos vascos?, o mejor todavía reivindicar todo el sur de Francia.

Pero no estaba de tan buen humor como para hacer chistes malos. Estos fundamentos ya denotaban bastante racismo y dogmatismo para hacer que perdiera el sentido del humor.

Siguió leyendo.

PRIMEROS INTENTOS DE ASESINATO EN MASA

La primera de las acciones de ETA fue intentar provocar el descarrilamiento de un tren ocupado por exmilitares guipuzcoanos del bando franquista, que iba a San Sebastián para conmemorar la efeméride de la sublevación militar. Con esta intención, tres militantes retiraron 18 tirafondos y aflojaron 16 más en el kilómetro 53,8 de la vía férrea entre Bilbao y San Sebastián. Desplazaron el raíl de la salida del túnel de Aiete unos 4 centímetros.

Otro de los movimientos simbólicos del grupo terrorista fue la quema de un par de banderas españolas. Prendieron fuego a las 15:30 a una enseña nacional izada en un gallardete cercano al Hotel Londres. Tres horas más tarde quemaron otra que colgaba del balcón del Colegio Oficial de Agentes Comerciales de Guipúzcoa. Estos dos actos eran una venganza simbólica contra el bando franquista que había derrotado a los gudaris, los batallones nacionalistas vascos durante la guerra civil. ETA, durante la etapa franquista, se proclamó como la heredera de estos soldados.

ATENTADOS MÁS SANGRIENTOS

Eta perpetró numerosos y sangrientos atentados, entre ellos destacan los siguientes:

13.09.1974 Explosión de un artefacto en la cafetería Roland de Madrid. Murieron 12 civiles.

29.07.1979 ETA colocó sendos artefactos en dos estaciones de trenes de Madrid. Murieron ocho personas: seis civiles, un guardia civil y un miembro de la Policía Nacional.

15.07.1986 La detonación de un coche bomba en la Plaza de la República Dominicana de Madrid, al paso de un convoy de la Guardia Civil. Murieron 12 agentes.

19.06.1987 La detonación de un coche bomba en el aparcamiento del centro comercial Hipercor de Barcelona. Con resultado de 21 muertos y 45 heridos.

11.12.1987 La detonación de un coche bomba con 250 k. de explosivos contra la Casa Cuartel de Zaragoza, causando 11 muertos y 40 heridos. Entre los muertos había seis niños[2].

29.05.1991 La detonación de un coche bomba en el cuartel de la Guardia Civil en Vic (Barcelona). Murieron 10 personas.

21.06.1993 La explosión de un coche bomba al paso de una

furgoneta militar en Madrid. Hubo siete muertos (seis militares y un civil) y 36 heridos.

11.12.1995 Eta hizo estallar un coche bomba al paso de un furgón militar en Vallecas (Madrid). Murieron seis civiles que trabajaban para la Armada.

El caso que hizo que la ciudadanía empezase a movilizarse fue el de Miguel Ángel Blanco Garrido concejal de Ermua (Vizcaya) por el Partido Popular entre 1995 y 1997. El 10 de julio de 1997 fue secuestrado por tres miembros de ETA, que exigieron el acercamiento de los presos de la organización terrorista a las cárceles del País Vasco. Ante la negativa del Gobierno central, la tarde del día 12 fue ejecutado con un tiro en la nuca en un descampado.

Cuando Enrique leyó que aún había casos sin resolver decidió profundizar un poco más en este tema, lo que descubrió no hizo más que revolverle la bilis, que ya estaba bastante revuelta por lo que había estado leyendo sobre los atentados de ETA.

CASOS SIN RESOLVER

Entre los más de 3 000 atentados perpetrados por ETA con el resultado de 864 muertos e infinidad de afectados, hay quince (más bien dieciséis, porque lo del 11M, su autoría, aún está sin aclarar) que están sin resolver y que parece que nadie tiene intención de hacerlo. Mucho menos este infame gobierno de socialistas, comunistas y sus aliados terroristas.

07/06/68 José Pardines Arcay Villabona (Guipúzcoa) en un control de carretera en la N-I

09/04/69 Fermín Monasterio Pérez Arrigorriaga (Vizcaya), cuando estaba trabajando 4 Disparos Taxista.

20/12/73 Luis Carrero Blanco A la altura del número 104 de la calle Claudio Coello en Madrid, Presidente del Gobierno designado por Francisco Franco (desde julio) y almirante (desde 1966). Sus asesinos alquilaron un bajo de la calle por la que pasaba todos los días para ir a misa, excavaron un túnel hasta el centro de la calzada y lo llenaron de explosivos. La explosión provocó un enorme cráter y el coche en el que viajaba junto a su conductor y su escolta terminó en la azotea del edificio de la casa Profesa anexa a la iglesia donde había asistido a misa. Tenía 69 años. Juan Antonio Bueno Fernández Inspector de Policía, escolta del presidente del Gobierno, Luis Carrero Blanco. Tenía 51 años José Luis Pérez Mogena Conductor del parque móvil, conductor del presidente del Gobierno, Luis Carrero Blanco. Tenía 32 años.

17/12/74 Luis Santos Hernández Mondragón (Guipúzcoa) Calle del Ferial, frente al cine Gurea, Subteniente de la Guardia Civil. Casado y con dos hijos de 24 y 25 años. Compañero de patrulla de Argimiro García Estévez.

07/05/75 José Díaz Linares San Sebastián (Guipúzcoa) en la puerta de su casa. 9 disparos Subinspector de Policía. Diferentes pistolas se usaron en su asesinato. Su mujer presenció su asesinato desde el balcón. Casado y con una hija. Tenía 29 años.

22/04/75 José Ramón Morán González Guecho (Vizcaya) en la confluencia de las calles Alango y Alangobarri de un disparo. Inspector de Policía. Casado y con una hija de 3 años. Tenía 32 años.

06/05/75 Andrés Segovia Peralta Guernica (Vizcaya) Vía férrea Bilbao-Bermeo 20 Disparos. Agente de la Guardia Civil. Casado y con una hija de 5 y un hijo de 9 años.

07/05/75 Fernando Llorente Roiz Bilbao (Vizcaya) en la puerta de su casa, calle Calixto Díez. 6 disparos. Inspector de Policía. Casado y con 3 hijas de

20, 17 y 3 años. Una de sus hijas presenció el asesinato desde el balcón. Tenía 51 años.

13/05/75 Domingo Sánchez Muñoz Guernica (Vizcaya) portal del n°47 de la calle Señorío de Vizcaya. 2 disparos, teniente de la Guardia Civil. Casado y con 4 hijos de entre 16 y 21 años. En el tiroteo también fallecieron los dueños de la vivienda, Ignacio Garay Lejarreta y su esposa Blanca Saralegui Allende, no reconocidas como víctimas de ETA.

05/06/75 Mariano Román Madroñal Recalde, San (Guipúzcoa) estación de Añorga, ametrallamiento. Agente de la Guardia Civil. Casado y con 5 hijos, dos chicas y tres chicos. Su compañero de patrulla, Higinio Martín, de 37 años, resultó herido.

07/07/75 Carlos Arguimberri Elorriaga Deva (Guipúzcoa) entre Deba e Itziar. Conductor de autobuses, ETA le había amenazado anteriormente quemándole el autobús. Tenía 43 años.

05/10/75 Jesús Pascual Martín Lozano Oñate (Guipúzcoa) santuario de Aránzazu. Bomba. Agente de la Guardia Civil. Falleció junto a las dos siguientes víctimas de esta lista. Los otros dos guardias civiles que le acompañaban, el cabo José Gómez Castillo y el conductor, Juan García Lorente resultaron gravemente heridos. Tenía 25 años.

05/10/75 Manuel López Treviño Zarauz (Guipúzcoa) a la altura del n° 15 de la calle San Ignacio, frente al chalé Villa Reineta, 3 disparos, Agente de la Guardia Civil. Casado y con 6 hijos. Tenía 48 años.

Si la enumeración de los crímenes de ETA le producía una ira incontenible, el tema de los tres jóvenes inocentes, secuestrados, torturados y asesinados le sacó de sus casillas, no pudo seguir leyendo, se levantó y se fue a correr por la playa hasta caer agotado.

Aunque tenía el estómago y la bilis revueltos, cuando regresó se propuso, como un acto de voluntad terminar lo que estaba leyendo.

DESAPARECIDOS

Los hechos ocurrieron el 24/10/73, José Humberto Fouz Escudero, Jorge Juan Gracia Carnero y Fernando Quiroga eran tres amigos que habían decidido hacer una escapada a San Juan de Luz para visionar una película que estaba prohibida en España y de la que todo el mundo hablaba., El último tango en París. Entre Irún y San Juan de Luz fueron interceptados por un comando de ETA que los tomó por guardias civiles en misión en Francia. Los secuestraron, los torturaron y finalmente fueron ejecutados. Nunca se encontraron sus cuerpos. Tenían 28,23 y 25 años respectivamente.

Al leer esto Enrique se reafirmó en esta especie de misión que se había impuesto, desenmascarar a los asesinos de Bildu, herederos naturales de ETA y cómplices con el presidente «cum fraude» del desmantelamiento y destrucción de un país que una vez se llamó España y que ahora estaba siendo motejada como «Venespaña».

Enrique era muy consciente de que La Casa, su casa, estaba metida hasta el corvejón en este tema de blanquear a los asesinos.

LUCHA ILEGAL CONTRA ETA, LOS GAL

Los Grupos Antiterroristas de Liberación (GAL)[3] fueron agrupaciones parapoliciales que practicaron terrorismo de Estado o «guerra sucia» contra la organización terrorista y su entorno entre 1983 y 1987, bajo el paraguas protector de los dos primeros gobiernos de Felipe González[4] Durante el proceso judicial contra esta organización fue probado que estaba financiada por altos funcionarios del Ministerio del Interior[4].

Aunque combatían a ETA y «los intereses franceses en Europa», a estos últimos por responsabilizar a Francia de «acoger y permitir actuar a los terroristas en su territorio impunemente», también realizaron acciones indiscriminadas debido a las cuales fallecieron ciudadanos franceses sin adscripción política conocida.

La investigación periodística sobre los GAL se inició en 1987 en el periódico vasco Deia de la mano de los reporteros Ricardo Arqués y Juan Carlos Urrutxurtu. Ese mismo año, y ya en Diario 16, a partir de fuentes oficiales del Ministerio de Interior del propio gobierno de España, fue el propio Arqués quien continuó la investigación junto con otros periodistas como Melchor Miralles o Pepe Rei.

En 1989, a raíz del despido de Pedro J. Ramírez como director de Diario 16 y de la posterior creación de El Mundo, las investigaciones sobre el caso continuaron en este último periódico, dirigido y creado por Pedro J. Ramírez. Estas investigaciones pretendieron exponer a la opinión pública la organización, fuentes de financiación e implicaciones políticas de los GAL.

Los GAL estuvieron activos de 1983 a 1987 siendo responsables de veintisiete asesinatos. Actuaron principalmente en el País Vasco francés, aunque también llevaron a cabo secuestros, torturas y delitos económicos en algunas zonas de España. Sus atentados se dirigían contra militantes y simpatizantes de ETA, pero también afectaron a personas inocentes que no tenían relación con el terrorismo, produciéndose entre este colectivo 10 víctimas mortales.

El secuestro y posterior asesinato de José Antonio Lasa y José Ignacio Zabala en octubre de 1983 y el secuestro de Segundo Marey poco tiempo después, un ciudadano francés al que confundieron con un etarra, marcó el inicio de la actividad de los GAL.

De todos los atentados perpetrados por los GAL durante los años ochenta, el más sangriento fue el ocurrido en el bar Monbar de Bayona en 1985, en el que murieron tiroteados cuatro militantes de ETA y un ciudadano francés resultó herido. Otra acción fue el asesinato de Mikel Goikoetxea Elorriaga «Txapela», uno de los más importantes miembros que ha tenido la banda.

Se les atribuye el asesinato de 27 personas. Dichos atentados y secuestros fueron perpetrados en su mayoría por mercenarios franceses contratados por policías españoles, financiados con fondos reservados, y organizados desde el propio ministerio del Interior, a través de responsables de la lucha antiterrorista del País Vasco.

ACCIONES JUDICIALES CONTRA LOS GAL

Por el secuestro en 1983 de Segundo Marey, un vendedor de mobiliario de oficinas al que confundieron con Mikel Lujúa, por entonces dirigente de ETA, el Tribunal Supremo condenó en julio de 1998 a penas de cárcel a José Barrionuevo, ministro del Interior, Rafael Vera, secretario de Estado para la Seguridad, Ricardo García Damborenea, secretario general del PSOE en Vizcaya, Francisco Álvarez, jefe de la Lucha Antiterrorista, Miguel Planchuelo, jefe de la Brigada de Información de Bilbao, José Amedo, Subcomisario de la policía, Julián Sancristóbal, Gobernador civil de Vizcaya, por secuestro y malversación de caudales públicos, y a Michel Domínguez, Policía.

En septiembre de 1998 ingresaron en la cárcel y tres meses después, Vera y Barrionuevo, condenados a diez años de prisión, fueron excarcelados gracias a un indulto parcial del Gobierno popular.

En marzo de 1999, la Audiencia Nacional dictó auto de procesamiento por secuestro, lesiones y asesinato en relación con dos miembros de ETA, José Antonio Lasa y José Ignacio Zabala, secuestrados en Bayona (Francia) en 1983 y cuyos cadáveres torturados fueron descubiertos, calcinados con cal viva, cerca de Alicante, en el sureste español, en marzo de 1995.

En 2000, el ex general de la Guardia Civil, Enrique Rodríguez Galindo, fue condenado por el Tribunal Supremo a 75 años de cárcel. También se condenó por este caso al ex gobernador civil de Guipúzcoa, José Julián Elgorriaga Goyeneche, y a los ex mandos de la Guardia Civil, Ángel Vaquero Hernández, Enrique Dorado Villalobos y Felipe Bayo Leal, como autores, cada uno de ellos, de dos delitos de detención ilegal y dos delitos de asesinato. Rodríguez Galindo estuvo solo tres años en prisión y cumplió el resto de la condena en su casa debido a una supuesta enfermedad cardíaca. El PSOE siempre ha negado toda responsabilidad respecto a los GAL, ha condenado, verbalmente, sus crímenes y su entonces presidente, Felipe González, nunca ha sido judicialmente acusado por estos hechos. González con su cinismo habitual se refirió de esta forma al tema: «Yo creo que no se puede decir que fuera terrorismo de Estado. Lo veo ahora con la perspectiva histórica. Si el aparato del Estado hubiera decidido eliminarlos, puede provocar otros problemas, pero termina por eliminarlos. Dejémonos de historias, porque incidentes como los que ha habido en España los ha habido en todos los países en los que una actividad terrorista ha golpeado a la democracia».

Durante los años de «guerra sucia» los atentados y secuestros hizo que se vivieran momentos de tensión sin precedentes en el País Vasco y Navarra, que se agravaron con la crisis económica, la reconversión industrial, el cierre de astilleros e instalaciones siderúrgicas y el consecuente desempleo.

El entorno abertzale e incluso la opinión pública española, siempre tan indiferente y permisiva, consideraban una evidencia la responsabilidad del gobierno socialista en la guerra sucia, evidencia siempre negada por las autoridades, jurando y perjurando que el gobierno socialista estuviese detrás del terrorismo de los GAL.

Para estos sectores, ETA pasaba a ser una víctima y sus atentados una respuesta a las acciones del Gobierno. En 1986 se fundó la Coordinadora Gesto por la paz, que comenzó a convocar manifestaciones silenciosas en todos los pueblos al día siguiente de cada muerte causada por la violencia política relativa al País Vasco, ya fuera de ETA o del GAL, en lo que fueron las primeras manifestaciones contra la violencia terrorista. Ese mismo año, ETA asesinó en Ordizia a María Dolores González Katarain alias Yoyes, antigua dirigente de la organización, que había decidido dejar la lucha armada y ya se había reinsertado en la sociedad, acusándola de «desertora».

En junio de 1987 ETA comete el atentado más sangriento contra la población civil; una bomba explota en un centro comercial Hipercor de Barcelona en el que fallecieron 21 personas y 45 resultaron heridas.

Un pacto de gran importancia sería el llamado Pacto de Ajuria Enea, firmado el 12 de enero de 1988 por AP, CDS, EE, PNV, PSOE y por José Antonio Ardanza como lehendakari del Gobierno vasco; el acuerdo se decidía a impulsar en su integridad el Estatuto de Guernica, e intensificar las relaciones de la C.A.V. con Navarra.

Compartían, los firmantes de este acuerdo, la necesidad e importancia de la acción policial que contribuyera a la erradicación del terrorismo, a la protección de los principios que conforman la convivencia democrática y a la prevención de atentados, la persecución de sus autores e instaba a ETA a renunciar a la vía armada y a HB a reanudar su actividad parlamentaria legitimándola como opción política, respaldaba las políticas de reinserción de los «arrepentidos», los procesos de diálogo si existiera una intención sería por parte de ETA de abandonar las armas, respetando en todo momento el principio democrático irrenunciable de que las cuestiones políticas deben resolverse únicamente a través de los representantes legítimos de la voluntad popular, apoyaba también la derogación de la Ley Antiterrorista y reiteraba el apoyo a las víctimas del terrorismo, reconocía además que la colaboración internacional se convertía en algo imprescindible para la erradicación de la violencia y se comprometían a velar por que la defensa del Estado de Derecho se produjera siempre dentro de la legalidad.

El entonces lehendakari, José Antonio Ardanza, presentó, en marzo de 1988, en la Mesa de Ajuria Enea el llamado «Plan Ardanza», un documento que proponía un diálogo «sin condiciones previas y sin límites de resultados» y exclusivamente entre partidos, previa ausencia de violencia de ETA y teniendo constancia inequívoca de que ETA quisiera abandonar la violencia.

El documento fue apoyado por todos los partidos miembros de la Mesa, excepto PP y PSOE que no aceptaban modificaciones constitucionales. El plan, fue considerado el testamento político de Ardanza que se retiraba de la política, el plan fue muy criticado en su día siendo alabado posteriormente por su moderación, y consistía en una reflexión sobre la situación de ETA y HB en ese momento, consideraba que la vía policial no había conseguido ningún resultado y la vía política no funcionaba si se aislaba a HB, por ello, proponía una forma de solucionar el «conflicto».

Dejar la resolución dialogada del conflicto en manos de los partidos representativos de la sociedad vasca. Hacer propios los acuerdos que aquellos pudieran alcanzar en las instituciones vascas. Incorporar los acuerdos al ordenamiento jurídico con el fin de que pudieran resultar operativos. El plan fue presentado ante los miembros de la Mesa de Ajuria, pero, finalizada sin acuerdo la negociación con ETA, no obtuvo el respaldo del resto de partidos.

La falta de acuerdo, según Arzallus, el cínico

exjesuita, fue motivado por la oposición del PP a la política del PSOE de negociar con ETA.

Mientras se hacían estos esfuerzos por llegar a acuerdos de paz, ETA seguí practicando su deporte favorito: «Matar y volver a matar».

Precisamente en Navarra, en junio de 1990, se produjeron los sucesos de la Foz de Lumbier, que acabaron con dos terroristas y un guardia civil muertos y la desarticulación de facto del Comando Nafarroa.

En el atentado contra la casa-cuartel de Vic en mayo de 1991, perpetrado por el Comando Barcelona en Vic (Barcelona) fallecieron diez personas, entre ellas una anciana y tres niñas. En 1992, la cúpula dirigente de ETA al completo (Pakito, Txelis y Fiti) fue detenida en Bidart, Francia, lo que forzó el cambio de dirección.

Tras una tregua de dos meses, los etarras adoptaron postulados más radicales, siendo la principal consecuencia de este cambio de rumbo la supuesta creación de los «comandos Y», formados por jóvenes, generalmente menores de edad, dedicados a la llamada kale borroka en vasco, «lucha callejera» en español, cuyas actividades incluirían la quema de autobuses y mobiliario urbano, y el lanzamiento de cócteles Molotov.

Su aparición se atribuyó a una hipotética debilidad de ETA, que les obligaría a recurrir a menores para mantener o aumentar su impacto en la sociedad.

También empezaron a ser amenazados los concejales de partidos políticos no nacionalistas vascos.

Sin embargo, dentro del llamado Movimiento de Liberación Nacional Vasco se niega la existencia de los Comandos Y, se afirma que su descripción es una maniobra para imponer una mayor pena de prisión a quien realiza estas acciones. El papel de ETA como organizador de la kale borroka (terrorismo callejero) ha sido considerado probado por la Audiencia Nacional; por otro lado, desde distintos sectores políticos de la izquierda, principalmente de la izquierda abertzale, se niega este papel.

En 1995, la organización lanzó una serie de exigencias al Gobierno español como condición para el cese de la violencia. La llamada Alternativa Democrática actualizaba y venía a sustituir a la alternativa KAS como propuesta de mínimos para el reconocimiento de Euskal Herria. A partir del reconocimiento por parte del Gobierno español de la territorialidad vasca, de que la soberanía reside en el pueblo vasco y de que éste tiene el derecho de autodeterminarse, se derivaría el cese total de las actividades armadas de ETA. El gobierno español rechazó las exigencias de ETA, intentó silenciar su difusión y los tribunales procesaron a la mesa nacional de HB por aprovechar los espacios gratuitos de publicidad electoral para difundir las exigencias, añadiendo a su anuncio algunas imágenes extraídas de un vídeo de ETA.

Así, por un lado, el Gobierno del PP, con el apoyo de los partidos de la oposición, formaron el llamado frente «constitucionalista», siguiendo lo que se dio en llamar «Espíritu de Ermua» y promulgaba la aplicación severa y plena de las medidas policiales y judiciales contra ETA y su entorno. Por otro lado, el frente «nacionalista» se consagró con la firma del Pacto de Estella, firmado el 12 de septiembre de 1998 por PNV, EA, HB, IU-EB, EKA, Batzarre, siete sindicatos y nueve organizaciones sociales y promulgaba el diálogo y la negociación política como única solución al «conflicto», invocando como referente el Acuerdo de Viernes Santo o Acuerdo de Stormont en Irlanda del Norte en abril de 1998.

El Tribunal Supremo dictó el 29 de noviembre de 1997 sentencia condenatoria contra la mesa nacional de Herri Batasuna por ceder su espacio electoral a ETA en las elecciones de 1996. En enero de 1998, llega a oídos de la banda que la policía francesa tenía todo preparado para realizar una muy importante operación policial contra la organización.

ETA comunica su disponibilidad a iniciar conversaciones a través de intermediarios internacionales y ante la negativa del gobierno popular, asesina a un concejal del PP en Zarauz.

Por orden del juez Garzón se cierra el periódico Egin. Ante la posibilidad de verse envuelta en un proceso judicial, Herri Batasuna pasa a denominarse Euskal Herritarrok.

Las detenciones de miembros de ETA en Portugal y Francia fueron una muy buena noticia para las fuerzas de seguridad españolas. Dos etarras, Garikoitz García Arrieta e Iratxe Yáñez Ortiz de Barrón, transportaban en una furgoneta todo tipo de material de uso terrorista para su almacenamiento en territorio portugués (¿es posible que ETA no supiese que el gobierno portugués no «hablaba» euskera como sí lo «hablaba» el francés?). Otros dos etarras, Eider Uruburu e Iñaki Iribarren Galbete, fueron detenidos cuando iban a sacar dinero de uno de sus «cajeros automáticos», un zulo para tal función en suelo francés, en el centro de Francia, localizado en una zona montañosa cercana a una populosa ciudad.

Francia fue el escenario de la mayor parte de las operaciones ejecutadas por las fuerzas de seguridad desde mediados de los ochenta.

El Casco Viejo de Bilbao fue el lugar dónde, en abril de 1969, se desmanteló por primera vez la cúpula ejecutiva de la banda. La «gran caída» de la banda terrorista se produjo tras la detención de Mario Onaindia, Víctor Arana y Josu Abrisketa. Mikel Echevarría consiguió escapar, aunque resultó herido, y en su huida asesinó a un taxista. Ese mismo día en Cantabria fueron detenidos Eduardo Uriarte, el sacerdote Jon Echave, Jone Dorronsoro y Enrique Guesalaga. Un año más tarde en el proceso de Burgos seis de ellos eran condenados a muerte.

La lucha durante los años setenta e inicios de los ochenta tanto en el frente legal como en el ilegal, se centra en España. La mayor parte de los integrantes de la banda se refugiaron en Francia dado que la presión policial en el país vecino era menor. De hecho, era un santuario para los terroristas, estos campaban a sus anchas por el sur de Francia, se sentían como en casa., los franceses querían desestabilizar a la incipiente democracia española, querían tutelarla, Pero desde la década de los ochenta fue en el país galo en el que se ejecutaron la mayor parte de las operaciones de seguridad contra la dirección de ETA y la detención de sus máximos responsables, con una importante colaboración entre las fuerzas armadas francesas y la policía nacional española.

La actuación de los GAL en territorio francés, hizo que su gobierno cambiara su política y Francia empezó a expulsar a numerosos etarras de su territorio, los cuales se vieron obligados a emigrar a Argelia y Sudamérica. La lista de detenidos en los ochenta es numerosa: Domingo Iturbe Abasolo, alias Txomin, Eugenio Etxebeste, alias Antxon, o Juan Lorenzo Lasa Mitxelena, conocido como Txikierdi.

Desde la detención de Txomin el 27 de abril de 1986, quince máximos dirigentes de la cúpula etarra fueron detenidos en Francia. El golpe más contundente asestado a la dirección de ETA llegaría en 1992 en la ciudad de Bidart cuando la policía francesa detuvo a los entonces tres máximos dirigentes de la banda: Francisco Múgica Garmendia, «Pakito»; José Luis Álvarez Santacristina, «Txelis»; y José María Arregui Erostarbe, «Fiti», presuntos responsables del aparato militar, político y de logística, respectivamente. Los encargados de suceder a la dirección anterior eran detenidos tan sólo dos meses después.

ETA conseguía, no obstante, reorganizar su dirección. La tregua que la organización terrorista mantuvo entre septiembre de 1998 y diciembre de 1999, no impidió el cese de las detenciones. En septiembre de 2000 caía en Bidart el presunto máximo dirigente de la banda, Ignacio Gracia Arregui, «Iñaki de Rentería», quien ocupaba la máxima responsabilidad del aparato militar de la organización desde el golpe asestado en 1992.

Un año más tarde era detenido, Francisco Javier García Gaztelu, «Txapote», integrante durante muchos años del comando Donosti; José Luis Mitxelena, presunto responsable del paso de comandos y materiales por la frontera; Asier Oyarzábal, supuesto jefe del aparato logístico y Vicente Goicoetxea, «Willy» considerado uno de los responsables del aparato político.

La detención en Francia en diciembre del 2002 de Juan Ibon Fernández de Iradi, «Susper», propició la posterior detención de al menos cincuenta miembros de la banda terrorista. El etarra, fugado de la comisaría a los dos días de su detención, fue nuevamente arrestado el 4 de diciembre de 2003. Cinco días después, otra operación policial en Francia desmanteló la dirección militar de ETA en una casa de Lons, a las afueras de Pau.

El 3 de octubre de 2004, ETA sufrió el golpe más importante desde 1992, con la detención de Mikel Albisu, «Mikel Antza», considerado el número uno de la banda y máximo dirigente del aparato político desde ese mismo año. Un nuevo golpe mortal fue asestado a la banda en mayo del 2008 con la detención en Burdeos de Francisco Javier López Peña, considerado como el «número uno» de ETA, y a los presuntos etarras Ainhoa Ozaeta Mendikute, Igor Suberbiola y Jon Salaberría. En noviembre de ese mismo año caía Mikel Garikoitz Aspiazu «Txeroki», presunto responsable militar.

En los últimos años, con una ETA debilitada y con menos recursos, se producía la última gran operación contra la banda el 20 de mayo de 2010 en Bayona (Francia) que supuso la detención de Mikel Kabikoitz Karrera Sarobe, «Ata», entonces máximo dirigente de ETA. El último dirigente etarra detenido que figura en las hemerotecas es Eneko Gogeaskoetxea, en julio del 2011.

Cuando consideró que ya había leído lo suficiente dejó la lectura. Pero se preguntaba: ¿Por qué no se hacía referencia alguna al mayor ataque terrorista que ha sufrido este país, el 11M?

Enrique sabía, aunque no tenía pruebas fehacientes que La Casa, su casa, el CNI y la policía nacional, habían tenido una participación muy activa en este atentado. Por activa o por pasiva, pero no había sido ajena a la masacre.

Todavía no había llegado a dilucidar si de forma activa, orquestando el atentado y aportando pistas falsas como la Renault Kangoo o la mochila sin explosionar que apareció en Vallecas, o el todavía más escandaloso acto del desguace de los vagones de tren afectados. O de forma pasiva haciendo la vista gorda a los preparativos y adoptando una actitud demasiado relajada en la investigación.

Enrique había vivido muy de cerca y había observado la actitud negligente, sino despectiva de algunos de sus compañeros y de muchos miembros de la policía nacional ante los sangrientos atentados.

Se propuso ojear como habían reaccionado los medios de comunicación, ante esa injustificable masacre.

(1) María Dolores González Catarain, alias «Yoyes» (Villafranca de Ordizia), fue una dirigente de la organización terrorista Euskadi Ta Askatasuna (ETA), famosa por haber sido la primera mujer dirigente de ETA y por haber muerto a manos de la misma organización, acusada de traición. Fue el 10 de septiembre de 1986.

(2) Los seis niños asesinados por ETA fueron:

Esther y Miriam Barrera gemelas de tres años.

Silvia Pino de siete años.

Silvia Ballarin de seis años.

Rocío Capilla de catorce años.

Pedro Ángel Alcaraz de diecisiete años.

(3)El cínico y desvergonzado presidente del gobierno que en su día había proclamado a. los cuatro vientos, sobre los atentados terroristas: «si ellos vienen a matarnos, nosotros los matamos a ellos», no tuvo empacho, cuando estalló el escándalo de los Gal, en declarar: «Yo no sabía nada, me he enterado por los medios de comunicación».

(4) Tantos eran los escándalos en que parecía involucrado este ministerio, que en los medios de comunicación se hablaba, sin tapujos, de «las cloacas del estado» e incluso «las cloacas de interior» Pero el grado de ignominia alcanzó su zenit cuando lo dirigió el siniestro Rubalcaba. La ignominia llegó al extremo de que desde interior se alertó a ETA de una redada que iba a ejecutar un juez para detener al aparato de extorsión de ETA, que esperaba en el bar Faisán de Irún para recoger el pago de un rescate.

E. Larby

IX   EL DESERTOR

Enrique se había levantado de un humor de perros. No había pegado ojo en toda la noche, cuestionándose una y otra vez la estrategia que estaba siguiendo para hacer que el zorro saliese de la madriguera.

Su amigo se estaba portando, cada dos o tres días sacaba una nota sobre el tema, siempre insinuando, pero nunca afirmando, no tenían pruebas.

Pero decía cosas como:

La Brigada de Información Criminal está segura de que Iñaki Uribe había decidido abandonar ETA y por ello había sido ajusticiado.

Otro día informaba:

Este medio ha sabido, de fuentes generalmente bien informadas, que Iñaki Uribe sustrajo de un zulo de la banda, situado en los Pirineos Atlánticos franceses, importantes documentos que involucran a la banda en acciones sin resolver y que la banda está interesada en que no vean la luz.

Otra información era:

Este medio ha sabido que los documentos secretos han sido ofrecidos para su publicación a un medio muy conocido por sus escandalosos reportajes.

Pero el zorro no mordía el cebo, seguía agazapado en su madriguera.

Enrique y Fernando seguían con su rutina de recoger cada cierto tiempo las grabaciones, pero estas no contenían nada importante.

Decidió desmantelar la mini grabadora que tenía instalada frente al batzoki Getxo, no aportaba nada, solo comentarios soeces y machistas de los bravos gudaris que al tercer chiquito se les soltaba la lengua y el instinto aldeano que habitaba en ellos. No era efectivo y era el artilugio más expuesto a ser descubierto. Mantendría un tiempo más el de la sede de Bildu.

Para calmar su impaciencia y desasosiego, decidió dar un paseo por la playa. Corrió unos kilómetros, se sentó en la arena y se extasió contemplando la bravura del mar Cantábrico. Hacía mucho viento y la mar estaba muy movida. Las olas golpeaban duramente los acantilados, por un momento temió que la fuerte marea sacase a la playa los móviles desechables que él seguía arrojando al mar.

Cuando regresó al apartamento se preparó un café muy caliente y fuerte y se impuso como tarea, aunque ya empezaba a estar asqueado de lo que leía, seguir estudiando a su enemigo.

Le había llamado la atención que en todo lo que había sobre ETA no se hiciese referencia, incluso con la presunción de inocencia al mayor atentado terrorista que había sufrido nunca este país.

Rebuscó aquí y allí. Esto fue lo que encontró y que trató de resumir y organizar un poco.

Los españoles se despertaron el 11 de marzo de 2004 con la peor de las noticias: una serie de bombas habían explotado en varios trenes de Madrid con pocos minutos de diferencia.

En la hora punta de la mañana del jueves 11 de marzo de 2004 se produjeron diez explosiones en cuatro trenes de Cercanías de Madrid. Las explosiones fueron provocadas por mochilas cargadas con Goma-2 ECO, usado habitualmente en canteras. Todas las explosiones tuvieron lugar entre las 07:36 y 07:40 en la línea férrea que une la estación de Alcalá de Henares y la estación de Atocha.

Las bombas, que contenían tornillos y clavos, para hacer de metralla, estaban fabricadas a base de dinamita y un detonador que era activado por un teléfono celular, en concreto la alarma despertadora.

Las explosiones se sucedieron en el intervalo de cuatro minutos. La primera en la estación de Atocha, donde murieron 35 personas; no muy lejos, en la calle Téllez, perdieron la vida 63; en la estación de El Pozo, 65; y en la de Santa Eugenia, 14.

El resto, hasta completar 191, murieron en hospitales, víctimas de las heridas sufridas.

La estupefacción y el desconcierto inicial dieron paso rápidamente a la ceremonia de la confusión acerca de qué había pasado y, sobre todo, quién había sido.

A medida que se conocían más detalles la indignación ciudadana aumentaba.

Los cuatro trenes atacados fueron:

Tren número 21431, de seis vagones. Salió a las 07:01 de la estación de Alcalá de Henares con destino a la de Alcobendas-San Sebastián de los Reyes. El tren estaba estacionado en la vía 2 de la estación de Atocha cuando se produjeron tres explosiones. Antes de las 07:37 se produjo la primera explosión en el coche 6, a las 07:38 se produjo la segunda en el coche 5 y a las 07:38 se produjo la tercera en el coche nº4. Además, existía un cuarto artefacto localizado en el coche 1 que no estalló. Los equipos TEDAX del Cuerpo Nacional de Policía lo explosionaron a las 09:59.

Tren número 17305, de seis vagones. Salió a las 07:04 de la estación de Alcalá de Henares, con destino a la estación de Chamartín. El tren estaba a unos 800 metros de la estación de Atocha, en la línea férrea paralela a la Calle de Téllez cuando sobre las 07:39 se produjeron cuatro explosiones en los coches 1, 4, 5 y 6. Poco después de las explosiones, los servicios de emergencias prepararon un hospital de campaña en las instalaciones del Polideportivo Daoíz y Velarde, a unos cincuenta metros del lugar de la explosión.

Tren número 21435, de seis vagones y doble altura. Salió a las 07:10 de la estación de Alcalá de Henares, procedente de Guadalajara, con destino a la estación de Alcobendas-San Sebastián de los Reyes. El tren estaba iniciando la marcha en la estación de El Pozo cuando sobre las 07:38 se produjeron dos explosiones en los coches 4 y 5. Un tercer artefacto estaba en el andén de la estación a la altura del coche 3 y fue explosionado por los TEDAX. Un cuarto explosivo realizó de forma inadvertida un periplo entre el IFEMA y varias comisarías de policía hasta ser finalmente examinada. Contenía 500 gramos de explosivo plástico Goma-2 ECO, metralla, un detonador y un teléfono móvil que hacía de temporizador, manipulado para que la alarma activase el detonador. Los indicios hallados en esa mochila permitieron establecer las primeras hipótesis firmes, y desencadenaron la persecución policial sobre los supuestos autores.

Tren número 21713, de seis vagones. Salió a las 07:14 de la estación de Alcalá de Henares con destino a la estación de Príncipe Pío. El tren n.º 21713 estaba estacionado en la estación de Santa Eugenia cuando hacia las 07:38 tuvo lugar una explosión en el coche nº 4.

Los atentados se produjeron tres días antes de las elecciones generales de 2004. Los dos principales partidos políticos españoles, Partido Popular (PP) y Partido Socialista Obrero Español (PSOE), se acusaron mutuamente de ocultar o distorsionar información relativa a los atentados por razones electorales. Esta fue una de las causas por las que surgieron especulaciones sobre la investigación policial e instrucción sumarial, posteriormente denominadas teorías de la conspiración del 11M.

Ha sido el mayor atentado de la historia de España y el segundo mayor atentado cometido en Europa por detrás del atentado de Lockerbie[1] de 1988. Este no fue el primer atentado de corte yihadista perpetrado en España, en 1985 se produjo el atentado del restaurante El Descanso, que causó 18 muertes.

El 11 de marzo el periódico Al Quds Al Arabi recibió en su sede en Londres una carta que afirmaba que las Brigadas de Abu Hafs Al Masri, en nombre de Al Qaeda, estaban detrás de los atentados perpetrados en Madrid.

Al llegar a este punto Enrique empezó a sacar conclusiones.

Estaba, para él, meridianamente cristalino que una campaña de confusión y desinformación había sido lanzada y que se había empleado toda la artillería pesada.

El periódico El País y la cadena de radio SER, se volcaron en una campaña de desinformación, hablando de terroristas suicidas con cuatro capas de calzoncillos qué, casualidad, no se había suicidado ninguno.

Enrique razonaba: ¿A quién benefició este atentado? Si la autoría se atribuía a ETA, el PP, al que las encuestas daban una gran ventaja sobre el insustancial Zapatero que lideraba el POSE, el PP arrasaría. Pero si la atención se desviaba hacia los yihadistas el PP se hundiría y ganaría el PSOE, como finalmente había sucedido. Por lo tanto, el achacar la auditoria a los yihadistas benefició al PSOE.

Siguió razonando: ¿Quién más salió beneficiado del atentado? El mundo abertzale, es decir los separatistas vascos, bajo la égida del infumable Zapatero los terroristas de ETA comenzaron a disfrutar de algunos privilegios que antes no tenían. De hecho, han terminado siendo socios del PSOE y han permitido el acceso del actual presidente «cum fraude» a la Moncloa y al uso y disfrute del Falcon al que tan aficionado es.

Por lo tanto, había que borrar todo trazo que apuntara a ETA. Enrique sabía que cuando alguien comete un crimen lo primero que hace es borrar todas sus huelas e indicios que puedan orientar las pesquisas hacia su persona.

Recordaba que hubo un catedrático, no recordaba de qué cosa , que, en todo doctoral, como el que está en posesión de la verdad absoluta, argumentaba cuatro razones para descartar la intervención de ETA, y lo sustentaba con los siguientes puntos:

1. ETA no había comunicado la colocación de bombas en los trenes, como hacía siempre.

2. Dos bombas que no habían explosionado (estaciones de Atocha y El Pozo), contenían sustancia blanca. La dinamita Titadyn que usaba ETA era rojiza.

3. La furgoneta Renault Kangoo, utilizada por los terroristas y hallada en Alcalá de Henares, no tenía la matrícula doblada como habitualmente hacía ETA.

4. En esa furgoneta se encontraron restos de cartucho Goma 2 ECO, que es blanca y no era utilizada

por ETA. También se encontraron detonadores de fabricación nacional que tampoco utilizaba ETA y una cinta-casete con cánticos del Corán.

Este «sabio» no tenía ni pajolera idea de cómo funcionan estas cosas. No conocía las tácticas de desinformación, la táctica de hacer ver que lo blanco es negro y viceversa. Seguramente era militante socialista o un paniaguado del PSOE. Porque de otro modo no se explica tamaña estupidez. Este «sabio» se había «olvidado» que había numerosísimos casos que aún estaban sin resolver y de cuya autoría se sospechaba los había cometido la ETA.

¡Pero «alma de cántaro»!, pensó Enrique del *sabio.* ¿Cómo iba Eta a reivindicar un atentado tan monstruoso?, viendo la reacción de la sociedad y hasta de sus propios protectores, los dirigentes del PNV. ¡No hay dudas de que este tía había perdido el «oremus»

Posiblemente, pensó Enrique, este «sabio» había sido bien remunerad por alguien o debía algunos favores. Si, por intereses electorales, no interesaba que la auditoria se atribuyera a ETA, que pensaba el «sabio» que había que hacer: ¿Regar el campo de pruebas incriminatorias o borrarlas?

Enrique recordaba los comentarios que se hacían, por supuesto en sotto voce, por los pasillos y en la cafetería de La Casa, el día siguiente a los atentados.

-Nos han *pillao.* con el carrito de los helaos.

- ¿Quién ha sido el *espabilao* que ha montado este follón?

-La hemos *cagao*.

-Deberían rodar cabezas.

-Al final será el conserje el culpable-, como siempre nadie sabía nada.

Todo quisque asumía que, sin la participación, por activa o por pasiva de La Casa, un atentado de esta magnitud era imposible de realizar.

Pero, exclamaban los más atrevidos, ¡si los presuntos terroristas eran confidentes de la Policía Nacional o del CNI!

Como había sido posible que un lerdo pueblerino, que además era un poco retrasado, pudiese robar 200 kilos de Goma 2 ECO. El suministro para una semana de actividad.

Enrique, se preguntaba: ¿Cómo ha sido posible que los presuntos autores del 11-M que habían estado controlados por el CNI y los servicios de información de la Policía y de la Guardia Civil, y que incluso algunos confidentes hubiesen alertado de un posible atentado, ¿este no se haya podido evitar? Aquí olía a chamusquina.

Nadie quería asumir responsabilidades, pero había un consenso generalizado entre los servicios de información de la Policía Nacional, la Guardia Civil, y del Centro Nacional de Inteligencia (CNI): de que los atentados se habían llevado a cabo porque había habido graves fallos, «¿o era mejor llamarlo colaboración?». Entre ellos se echaban la culpa, pero todos aceptaban un grado de responsabilidad, agravado por la falta de coordinación. Algo demostrable: entre todos ellos habían estado controlando los movimientos de los terroristas en los años anteriores, pero no fueron capaces de evitar que los trenes saltaran por los aires.

Ambos organismos tenían varias células islamistas bajo control; Policía. y su Casa, el CNI controlaban a varios de los presuntos terroristas y, especialmente, al emir del grupo, Allekema Lamari. A Enrique le resultaba complicado entender cómo con tal cúmulo de información no pudieran evitar que murieran 191 personas y que 1 775 resultaran heridas.

La única justificación que encontraba era, o podía ser, que toda la atención había sido puesta en ETA y se había obviado a los islamistas, le costaba creer la involución del CNI en el tema, aunque en su fuero interno no la descartaba.

Sabía muy bien cómo se las gastaban algunos dirigentes de la organización. Una mentira (o una milonga) repetida muchas veces se convierte, a veces, en realidad. La Casa se había tragado la historia de la tradicional amistad hispanoárabe. Y que los yihadistas españoles eran buenos chicos y nunca harían daño a sus hermanos los españoles. Pura falacia.

Fue a partir de septiembre del 2001, después de los atentados de las torres gemelas en NY. cuando la CIA comenzó a exigir más control y mano dura con las organizaciones islamistas.

Nada estaba claro. Todos los esfuerzos se centraron en desarticular la célula de Al Qaeda en

España. El marroquí Amer el Azizi, confidente del CNI, a pesar de estar bajo continua vigilancia, grabados en todo instante sus movimientos por las cámaras de vigilancia instaladas en los alrededores de su casa, se había esfumado, desaparecido, parecía que se lo había tragado la tierra. Se sospechó que el CNI había facilitado su fuga. Lo último que se supo de él fue que había sido abatido, en Pakistán, por un misil lanzado desde un dron.

El CNI tenía un confidente, apodado El Pollero, que tenía buenas relaciones con los yihadistas, este individuo recibió instrucciones para que indagara sobre las intenciones de los islamistas, e informara de lo que se comentaba en las madrasas, que ideas propalaban los mullahs en sus arengas en las mezquitas. Gracias al Pollero, los servicios de espionaje supieron que los islamistas se estaban preparando para llevar a cabo un atentado en España. El 6 de noviembre de 2003, el CNI dio la alerta a la Policía y la Guardia Civil sobre un inminente atentado.

El 6 de marzo, un nuevo informe del CNI alertaba de que habían desaparecido seis de los integrantes de un grupo radical abandonando sus puestos de trabajo. Los indicios de que algo grave se estaba preparando eran demoledores.

Y sin embargo el atentado no se había evitado. Enrique no tenía dudas, aquí había «gato encerrado». Se propuso investigar.

Enrique se calmó y se propuso seguir leyendo.

A fecha de 23 de marzo de 2004, la cifra oficial de muertos era de 190. El recuento definitivo de heridos fue de 1 857 personas.

El 2 de abril del mismo año se encontró un artefacto en la línea férrea del AVE Madrid-Sevilla. El artefacto tenía dinamita Goma-2 ECO y un detonador conectado a un cable de más de cien metros de longitud que no estaba conectado a nada, por lo que no podía funcionar. Estaba preparado para conectar a una pila de petaca que se llevó el terrorista cuando fue sorprendido, según explicó en el juicio la Guardia Civil. El artefacto era diferente a los utilizados en los atentados de los trenes, no tenía metralla ni teléfono móvil. No parecían necesarios dichos elementos, la activación era manual a tiempo real, según pasaba el AVE para hacerlo descarrilar; para esta finalidad no se necesitaba metralla.

Ese día, según la versión oficial, se encontró una de las mochilas que no hizo explosión en El Pozo. La tarjeta SIM del teléfono que había en esa bolsa fue la principal pista que llevó a la policía a un apartamento en la ciudad de Leganés, a las afueras de Madrid, donde se refugiaba la célula islamista que, presuntamente eran los autores del atentado.

Enrique no era creyente, pero al leer esto empezó a creer en los milagros. ¡Una mochila caída del cielo y con una pista clarísima!

El 3 de abril la policía localizó y rodeó a varios miembros del comando terrorista en Leganés. Los terroristas se habían atrincherado en una vivienda de la calle de Carmen Martín Gaite y se produjo un tiroteo intermitente, entre las seis y las ocho de la tarde. Al verse acorralados, a las 21:03 los terroristas se suicidaron haciendo estallar el piso cuando los GEOS iniciaban el asalto. La explosión derribó parte de la fachada del edificio. En esta acción murió un agente del grupo policial, además de los ocho miembros de la célula islamista allí presentes.

En el apartamento, la policía encontró cintas de vídeo en las que reivindicaban los atentados.

Otro milagro, pensó Enrique, se produce una explosión que casi destruye un edificio entero y ¡oh milagro, milagro!, las cintas de video, fabricadas con una cinta plástica magnetizada quedaron incólumes.

El 10 de mayo murió un bebé, a las 48 horas de nacer debido a las heridas sufridas por su madre en el atentado.

La noticia de la muerte del bebé le produjo un espasmo en el estómago y tuvo que correr al cuarto de baño y vomitar el desayuno.

En 2014 murió otra víctima de los atentados, tras pasar diez años en coma, con lo que el número de fallecidos en los atentados del 11 de marzo de 2004 quedó en 192.

El 14 de marzo de 2004, tres días después de ser golpeados por los atentados, los españoles fueron a las urnas y el candidato socialista fue elegido nuevo presidente, pese a que el PP estaba por delante en las encuestas hasta que ocurrió el atentado. El siniestro Rubalcaba, «si te vuelves te la clava», rompió la jornada de reflexión y proclamó, a voz en grito, su famoso: «España no se merece un gobierno que le mienta» Y lo decía con todo desparpajo él que era el rey de la mentira. Al día siguiente la «madura» sociedad española eligió al infame Zapatero.

Los españolitos, tan maduros ellos, se habían «rilado» patas abajo, en román paladino: «se habían cagado». Gritaban a coro: «Mami ese niño malo me ha pegado».

(1) Lockerbie es una ciudad de la región de Dumfries y Galloway en la que cayó el avión de Pan Am, la línea aérea americana, que hacía la ruta Fráncfort-Detroit, con escala en Londres y Nueva York. Era el miércoles 21 de diciembre de 1988.De los 243 pasajeros a bordo la mayoría eran militares estadounidenses y sus familias que marchaban de vacaciones navideñas. El régimen libio bajo la dictadura del esquizofrénico Mohamed el Gadafi se había embarcado en un desafío suicida con Norteamérica. En su delirio, el dictador libio, pretendía acabar con el imperio americano y se embarcó en una campaña de terrorismo. Unos agentes de su servicio de inteligencia, habían colocado unos 400g de explosivo plástico en el interior de un radio casete colocado en un equipaje que iba en la bodega de carga de equipajes. Al sobrevolar la localidad el artefacto explotó, el avión se partió en dos y los restos cayeron sobre la

localidad. En total murieron 270 personas, 11 de ellos habitantes del pueblo.

El régimen del psicópata Gadafi tardó 15 años en reconocer su autoría y accedió a compensar a los familiares de las victimas pagando 10M.de dólares por cada víctima.

X   LA ENTRADA EN ACCIÓN

El hombre con la chaquetilla de la ONG «Save the Birds» se acercó con parsimonia, como hacía siempre, hasta el árbol, recargó el comedero con la rutinaria mezcla de alpiste y cañamones, miró a su alrededor y cuando se cercioró de que no había ningún curioso, deslizó su mano hacia el tronco del árbol y cuidadosamente despegó la mini grabadora, que estaba adosada a la pared exterior del nido y escondida entre este y el tronco del árbol y la metió en la bolsa de plástico que llevaba consigo y que contenía todo lo que necesitaba para su trabajo.

Fernando estaba en el Kafé Kovac haciendo su labor. Degustaba un café y un croissant. Cuando hubo terminado, siguió con sus juegos, hasta que vio pasar a Enrique, este con un ligero movimiento de cabeza lo instó a salir. Llegaron a la plaza del Arenal, se dirigieron al Paseo del Volantín, se montaron en su coche, pagaron los dos euros que les pedía el guardacoches pirata que pululaba por las inmediaciones y pusieron rumbo a Castro Urdiales.

Dejó que Fernando hiciese su trabajo y le pidió que pasase el audio a texto, le era más cómodo leer que estar escuchando una cháchara sin demasiado interés.

Cuando Fernando le entregó los folios empezó a ojearlos con desgana, estaba empezando a pensar que nunca encontraría nada que involucrase a ETA en el asesinato de Iñaki.

Pasaba las páginas hasta que en la página cinco algo le llamó poderosamente la atención, allí se reproducía el siguiente dialogo:

Voz 1 - ¿Saca hoy algo ese panfleto repugnante que nos está machando día sí y día también?

Voz 2 -Dice que la BIC está segura de que Iñaki se llevó documentación que puede ser potencialmente peligrosa para nosotros.

Voz 1 - ¿Cómo se les ocurrió a esos imbéciles que enviamos a interrogar a Iñaki, «neutralizarlo» antes de hacerle hablar?

Voz 2 -Le hicieron de todo, pero el muy cabrón resistió y no dijo nada. Pensaron que, inyectándole la toxina le ablandaría y hablaría, pero se les fue la mano y la toxina lo mató.

Voz 1 -Pero ¿no dejarían hullas detectables de la tortura?

Voz 2- Nada que la autopsia pueda detectar, le golpearon con porras envueltas en toallas mojadas que hacen mucho daño, pero no dejan huella, le dieron en las costillas que es donde más duele, pero no deja marcas. Nunca le golpearon en la cara.

Voz 1-Bien, ¿entonces murió de un infarto?

Voz 2-No, se les fue la mano con la toxina, la idea era suministrarle una pequeña dosis para que le afectase lentamente y, pensaron, que cuando empezara a asfixiarse se acojonaría y empezaría a largar.

Voz 1-Pero no habló, no dijo nada.

Voz 2-Desgraciadamente la toxina actuó demasiado rápido.

Voz1- ¿No hemos dejado huellas, nada que nos involucre?

Voz 2-Todo limpio, muy profesional.

Voz 1 ¿Muy profesional dices, a quién se le ocurrió la peregrina idea de dejar el cadáver en la piscina con pijama y calcetines? ¡Joder, eso es de principiantes!

Voz 2 Querían que pareciera un accidente, por eso le vertieron güisqui en el cuerpo.

Voz 1-La policía ¿está investigando?

Voz 2-Han recibido instrucciones del «marica» para que se lo tomen con calma. Nuestros «padrinos» del PNV han presionado al «cum fraude».

Voz 1-A ese lo tenemos cogido por los huevos.

Voz 2-Hasta que los jesuitas peneuvistas dejen de considerarlo como «el tonto útil» y lo dejen caer.

Voz 1-Sería malo para nosotros, con nadie nos irá mejor que con él.

Voz 2 -No habrá que dejar de controlar a los jesuitas. Esos son capaces de vender a su propia madre.

Voz 1 -De todas formas ¡como sea! Hay que encontrar esos documentos, ver que coño se ha llevado ese hijo puta.

Voz 2- ¿Tan importantes son?

Voz 1- ¡Joder! Pueden ser las pruebas que nos involucran con el 11M.

Al llegar a este punto Enrique no pudo contener un ¡bingo! Fernando lo miró sorprendido, pero no dijo nada.

Continuó con la lectura.

Voz 2 ¡Coño! Eso sí que sería grave, si eso sale a la luz se nos cae el chiringuito.

Voz 1- Y a saber que más información sensible recogió ese cabrón de Uribe.

Voz 2- ¿Qué más puede haber? Nosotros siempre hemos reivindicado nuestras acciones.

Voz 1- ¿Sí? ¿Y qué, si sale a la luz que la CIA nos dirigió y pagó 100M de las antiguas pesetas para que hiciéramos lo de Carrero? La opinión pública se enteraría que estuvimos durante muchos años en la nómina de la CIA Que eso de Euskadi libre era una patraña, una milonga que nos montamos para justificarnos

Voz 2-Si esto sale a la luz en el «bocho» nos corren a «gorrazos».

Al llegar a este punto Enrique estaba en un punto de excitación tal que casi le provoca un infarto.

Paró de leer, fue al armario, sacó la botella de güisqui, agarró un vaso y se sirvió un trago largo. Que bebió de corrido. Se daba cuenta de la trascendencia que tenía esta grabación.

Le pidió a Fernando que hiciese una copia de seguridad y que la guardase en un pen drive. Y le rogó, encarecidamente, que no comentase nada con nadie. Aunque no hacía falta porque Fernando no tenía a nadie con quien comentar nada.

Su cabeza empezó a procesar la información, era consciente del enorme potencial destructivo que tenía la información Y lo peligroso que podía resultar haber accedido a ella.

Apartó sus temores y decidió continuar con la lectura.

Voz 1-Si esto sale a la luz, como tu bien dices, en el bocho nos corren a «gorrazos» pero en Madrid, al PSOE y al CNI los queman en la plaza de Colón.

Voz 2 - ¡Coño! ¿Por qué dices eso?

Voz 1-Dejalo es mejor no remover la mierda.

Voz 2-Me dejas intrigado, ¡cuéntame!

Voz 1- ¿Acaso no sabes que el 11M fue orquestado por el PSOE con la connivencia de la Policía y el CNI? ¿Y que ambas instituciones estaban infiltradas hasta el tuétano por los socialistas? ¿Por qué crees tú que salieron a la luz todas aquellas pruebas falsas? La Renault Kangoo y la mochila de Vallecas.

Voz 2-Si, se especuló mucho sobre ello, los medios «cavernícolas» le dedicaron mucha tinta y mucho tiempo de radio al tema.

Voz 1-Si, y menos mal que Rubalcaba ya era ministro de interior y paró el vendaval.

Voz 2-Ese y otros muchos, como cuando nos libró de ser «cazados» por Marlaska, entonces juez, en el bar Faisán en Irún.

Voz 1-Si no hay dudas que la política hace extraños compañeros de viaje.

Voz 2-La verdad es que todos salimos beneficiados con aquello. El PSOE llegó al poder con un pelele al que manejamos como quisimos y nosotros legalizados y ahora pisando moqueta.

Voz 1-El PNV también salió beneficiado, esos cabrones siempre nos han manejado y manipulado a su antojo, nosotros poniendo la cara y arriesgando nuestras vidas y ellos, como decía el ínclito Arzallus, recogiendo los frutos.

Voz 2 Está en la naturaleza jesuítica del PNV, siempre con el mejor postor, no les importa «encamarse» con quien sea para luego traicionarles.

Voz 1-Bueno hay que moverse porque como esos papeles que se llevó el hijoputa Uribe salgan a la luz, nos tenemos que marchar a Venezuela.

Voz 2 - ¡No me jodas! No hay otro sitio peor. Allí que se vaya «el coletas» y su concubina de turno.

Enrique no cabía en sí de satisfacción, aunque era consciente de que estaba caminado por una superficie muy resbaladiza y peligrosa. Le estaba pisando la cola al tigre.

Esa gente era peligrosa, asesinos, que no les importaría matar al que fuera con tal de seguir en el machito, como ellos decían «pisar moqueta». Pero su labor como ciudadano era hacer que la opinión pública supiese la verdad. Aunque a veces pensaba que esa opinión pública, o al menos una gran parte de ella, adormecida, abotargada e indiferente, era merecedora de lo que tenía y de lo que se le venía encima.

Era tal su estado de euforia y excitación que no podía pensar con claridad.

Se puso el chándal y salió a correr por la playa, quería vaciar su mente para luego pensar con claridad, pero le era imposible abstraerse, las palabras retumbaban en su mente. La CIA, el 11M, el PSOE y La

Casa, no podía asimilar tanta cochambre, tanta inmundicia, tanta indignidad, tanta sordidez.

Hizo un alto en su carrera para recuperar algo de aliento, se sentó en la arena seca y que empezaba a estar caliente, había salido el sol y la temperatura empezaba a subir, poco pero suficiente para hacer que el vientecillo que soplaba empezara a ser agradable.

Sentado en la arena, decidió llamar a su amigo del periódico, le pidió por favor que le devolviera la llamada desde un teléfono público, empezaba a temer que le hubieran pinchado los teléfonos al periódico, después de las atrevidas exclusivas que estaban publicando. El móvil desechable acabó en el mar, como ya era costumbre en él, y como también era costumbre extrajo la tarjeta SIM y luego, con una tijera podadora, la corto en trocitos en el apartamento, y desperdigó los trocitos en varios contenedores de basura.

Al cabo de unos minutos, que le parecieron horas, sonó su móvil. Era su amiguete. Sucintamente le comentó la grabación, y le pidió entrevistarse con él. Pero esta vez lo harían en un sitio donde no pudieran ser detectados. Enrique empezaba a estar un poco paranoico, pero, con esta gente, era mejor prevenir que curar.

Decidieron encontrarse en la estación de trenes de Valladolid.

Regresó al apartamento y compró los billetes, había decidido viajar desde Santander y no desde Bilbao, que estaba más cerca. Solo a 35km. mientras que Santander estaba a 75km, pero no quería volver a aparecer por aquella ciudad. No quería correr el más mínimo riesgo.

Haría el viaje en el Alvia 04092 que salía de Santander a las 09h,10m y llegaría a Valladolid a las 12h10m, tendría que esperar una hora, que aprovecharía para inspeccionar la estación y la sala VIP y escoger una mesa alejada de la entrada, a ser posible en un rincón de cara a la puerta para así vigilar quien entraba y salía. Su amigo llegaría en el Alvia 8129 que tenía prevista su llegada a las 13h10m.

Tendrían más de 7 horas para hablar, ya que él regresaría a Santander en el Alvia 04193 que partiría de Valladolid a las 20h07m.

Enrique estaba tan excitado que no podía estarse quieto, daba vueltas y vueltas por el salón, expresaba sus pensamientos en voz alta. Fernando lo observaba y pensaba que su jefe se estaba volviendo majareta. Pero se callaba, solo observaba.

Enrique pensaba y lo hacía en voz alta: ¿Dónde se puede esconder un legajo, que asumía, sería abultado? ¿Cómo Uribe había conseguido copiar toda esa documentación sin ser visto? ¿Como la había sacado de donde estuviese guardada? Descartó la entrega a un notario, no en el país vasco. En las estaciones de trenes ni en los aeropuertos había ya consigna, habían desaparecido precisamente por culpa de ETA.

Fernando que, aparentemente, estaba a lo suyo, no solo estaba a lo suyo sino también a lo de los demás, observaba, callaba, pero no perdía ripio de todo.

Viendo a su jefe tan ofuscado decidió intervenir. Con su habla «cheli» que exhibía de cuando en cuando, dijo: - «¡jefe, que no te enteras, estás anticuado, obsoleto, ya no se hacen fotocopias!».

Enrique detuvo su frenético pasear y se le quedó

mirando sorprendido, Fernando nunca le había hablado así, ni se había inmiscuido en sus asuntos. Le preguntó: - «¿Por qué dices eso, si ya no se hacen fotocopias, entonces que se hace, se memoriza todo como ese superdotado de la serie Scorpion?» -Fernando con una sonrisa de chico travieso le dijo: - «Ahora se utiliza un lápiz escáner, que lee todo en cuestión de segundos, luego lo pasas a un pen drive, los hay de hasta 4TB».

Enrique lo interrumpió, preguntando – «¿qué carajo es un pen drive y un TB? - ¡Por favor Fernando, habla en cristiano que yo te entienda!» - Fernando lo miró, desconcertado, le asombraba la ignorancia de Enrique en estos temas que según Fernando hasta los niños de 9 años sabían. Con toda naturalidad le dijo: - «Un pen drive es una memoria que se conecta a un puerto USB y un TB son 1.000 gigabytes (GB)».

Enrique seguía sin entender nada, pero intuyó algo, así que inquirió: - «¿quieres decir que escaneó todo lo que quiso y lo guardó todo en varios pen drives o memorias USB, o como coño se llamen esos artilugios?».

«Efective wonder», le respondió Fernando.

Enrique le dijo: - «Prepara todo porque pasado mañana nos vamos de viaje».

Se fue a la terraza y saboreó una Mahou 0/0 tostada.

Al día siguiente se reunió con su amigo en la sala club de la estación Campo Grande de Valladolid.

Cuando después de intercambiador los saludos de rigor, Enrique, que le gustaba ir directo a los temas, entregó a su amigacho, y ahora cómplice, un casete con unos pinganillos blancos, que estaban muy de moda, aunque él prefería los cascos bluetooth que se ajustaban mejor a sus orejas y no esos pinganillos que siempre se le caían.

Su socio, le llamaremos Ignacio, empezó a escuchar y no necesitaba palabras para expresar lo que sentía. En su mente se iban grabando los titulares. Como buen profesional, Ignacio sabría dosificar la información, la haría sacándola con cuentagotas, con un gran titular cada día. Cuando terminó de escuchar, reconoció la importancia de lo que había oído y estuvo de acuerdo que era una bomba de relojería, que cuando explotara se llevaría por delante a personas e instituciones.

Acordaron qué en sí, la grabación no era una prueba irrefutable, porque sería cuestionada aludiendo a que podía ser un montaje, que no se podía demostrar que fueran voces de dirigentes de Bildu. Así que darían las noticias aludiendo siempre a fuentes bien informadas y creencias, nunca afirmaciones.

Enrique concluyó que era imprescindible encontrar los pen drives o las memorias o como se llamaran esos cacharros. e insinuó que intuía donde podría encontrarlos. Le explicó a Ignacio su plan. Este le aconsejó prudencia y le prometió que en cuanto analizara en profundidad la grabación comenzaría su publicación. Enrique le entregó un sobre con el texto de la grabación, así podría corregir o modificar algún texto.

Se despidieron con un fuerte abrazo y regresaron a sus lugares de procedencia. Al día siguiente comenzarían los fuegos artificiales.

XI   EL HALLAZGO

Se despertaron temprano y después de un frugal desayuno a base de zumo de naranja, café con leche y tostadas, condujeron hasta el aeropuerto de Santander antiguamente denominado Parayas y ahora rebautizado como Seve Ballesteros en honor al gran golfista cántabro de ese nombre, tristemente fallecido a la edad de 54 años, tres años después de haber sido sometido a una operación cerebral para extirparle un tumor.

El único vuelo directo Santander Madrid era el FR2594 operado por Ryanair que departía de Santander a las 18h10m y después de un vuelo de escasamente 1h.25m aterrizaría en el aeropuerto de Málaga. Los vuelos de Iberia, todos, hacían una escala en Madrid, lo cual hacía que la duración del viaje fuese de aproximadamente 7 horas. Como el tiempo apremiaba reservaron este vuelo.

La mente inquisidora de Enrique le hizo notar lo extraño del código de identificación que la IATA (The International Air Transport Association) había asignado a Málaga, AGP. Le pidió a Fernando que investigara esta aparente anomalía. Cuando este intentó explicarle que, por lo visto, había varias ciudades que tenían códigos como MLG. MAG, etc.

Enrique perdió interés en el tema y se concentró en lo que tenían por delante. ¡Encontrar los malditos pen drives, memorias o como puñetas se llamasen esas cosas!

Cuando arribaron al aeropuerto de Málaga se dirigieron a uno de los mostradores de las numerosas compañías de alquiler de coches que hay en el aeropuerto. Eligieron el menos concurrido, el tiempo apremiaba y no podían perder demasiado en alquilar un coche. Eligieron un jeep renegade 13 PHEV de 240 CV y 177 KW auto 4wd a gasolina del año 2021, capaz de alcanzar los 200 km/h. Lo eligió Enrique porque Fernando, as usual, estaba enfrascado con su Tablet y el resto del mundo no existía.

Quería un coche potente, aunque no pensaba exceder los límites de velocidad, no quería ser parado y multado y perder un tiempo que le parecía esencial.

Al llegar al término de Elviria se detuvo en el centro comercial. Le dijo a Fernando que lo esperase tomando una cerveza en el Barracón de las tapas su chiringuito preferido.

Se dirigió, con paso resuelto, a una de las varias agencias inmobiliarias que había en la zona., la empleada que estaba cercana a la cuarentena, si no los había cumplido ya, al ver a Enrique se levantó rápidamente se alisó su blusa blanca, intentó subirse el amplio escote, labor imposible, la blusa le quedaba tan apretada que parecía que en cuanto respirara un poco más fuerte los botones saldrían disparados; intentó alargarse su corta falda negra, pero era tan corta que parecía haber encogido al lavarla, y se calzó unos zapatos negros con unos tacones de aguja altísimos que realzaban sus bien contoneadas piernas. y con una sonrisa parecida a la de Marilyn Monroe se acercó a Enrique. Le saludó efusivamente con buenas tardes D. Enrique y le depositó un beso en la mejilla.

Enrique haciendo gala de su reconocida habilidad de encantador de serpientes, mientras recibía el beso, le susurró al oído: - «Me tienes que decir tu dieta, porque cada día estas más joven y más atractiva»-. Ella sonrió ante el halago, sabía que Enrique, cuando quería, podía ser irresistible. Luisa así se llamaba la mujer contestó: - «D. Enrique usted siempre tan halagador»-. Enrique le digo: - «Luisa, preciosa tengo prisa. ¿Puedo hablar con Walter?».

Walter era alemán por modales, comportamiento y educación, pero no parecía haber salido de una película de nazis, no representaba el prototipo de raza aria que Hitler había deseado crear. No era alto, ni enjuto, ni tenía el pelo rubio casi amarillo, ni piel blanquísima y ojos azules. Era todo lo contrario bajito, regordete y mofletudo, con unos mofletes que presentaban signos indudables de su afición a la bebida, calvo, paticorto y bracicorto, tripa cervecera y usaba gafas de miope con unos cristeles gruesos que resaltaban aún más, si cabe, sus ojos saltones.

Era el director de la agencia inmobiliaria que llevaba el alquiler del apartamento en que se había hospedado Iñaki Uribe.

Y también llevaba el apartamento de Enrique cuando este por motivos de trabajo tenía que estar mucho tiempo alejado de Elviria y para compensar gastos decidía alquilarlo.

Iñaki se había registrado con nombre y DNI falsos, el DNI decía que se llamaba Ignacio Echevarría y que vivía en Madrid, había pagado seis meses por adelantado y en efectivo. Unos 24 000 euros.

A Enrique no le gustaban los rodeos y al teutón tampoco, Así que decidió ir directamente al grano: - «Querido amigo, te voy a hacer unas preguntas claras y directas y quiero, y enfatizó el quiero, unas respuestas claras y concretas».

Enrique sabía que los teutones respetan mucho la autoridad. Por eso su tono no era el de solicitar ni el de pedir favores. ¡Exigía respuestas! Walter no había escuchado nunca a Enrique hablar en ese tono y de forma subliminal se amilanó, se sometió a la autoridad que emanaba de Enrique.

Por otro lado, como buen negociante pensaba que business is business, el negocio es el negocio y Enrique era para él un buen negocio. A veces Enrique se llevaba años sin aparecer por la urbanización, su apartamento se alquilaba bien y Enrique nunca ponía condiciones, aceptaba lo que Walter le proponía. Enrique sabía, que a veces, solo a veces, las condiciones que el germano le proponía no eran las que había acordado con el inquilino. (Lo que Walter no sabía era que Enrique estaba al tanto de todo y que esta era una carta que tenía guardada en la manga y que pensaba sacar, en su momento, si Walter no satisfacía sus deseos).

Walter todo solícito preguntó: - «¿Qué puedo hacer por ti, querido amigo?».

Enrique sonrió para sus adentros. La estrategia había surtido efecto. El teutón haría lo que él le pidiera.

Con la mejor de sus sonrisas le preguntó: «¿Te acuerdas de aquel individuo que apareció ahogado, esta era la versión oficial, en la piscina de la urbanización?».

-Si claro respondió Walter, fue un suceso lamentable.

- «¿Ha venido alguien, con un acento así, e imitó el acento de un vasco hablando castellano, preguntando por apartamentos para alquilar?».

-No de momento nadie con ese acento ha preguntado respondió Walter. Y preguntó todo intrigado «¿Hay algún problema?».

Perfecto pensó Enrique, les he adelantado, al menos les llevo unas horas de ventaja.

-De momento no-, respondió Enrique, -pero te agradecería que, si viene alguien con las características que te he dicho, en cuanto tengas posibilidad me llamas al móvil-, y le dio un número de otro móvil desechable.

-De acuerdo, así lo haré contestó Walter.

-Ah otra cosa, necesito que me dejes, por unas horas, las llaves de ese apartamento.

Walter abrió la boca para decir algo. Pero Enrique exhibió su placa del CNI y se la puso delante de las narices, como buen y disciplinado alemán, al ver la placa le faltó poco para cuadrarse, llevarse la mano a la cabeza y hacer el típico saludo militar, o mejor aún alzar su brazo derecho en el clásico saludo nazi.

Pidió por el interfono a Luisa que le llevase las llaves del apartamento, cuando Luisa llegó, caminando como si estuviera dando saltitos, Walter le indicó con un gesto que se las entregara a Enrique.

Enrique abrazó a su ahora amigo y le susurró al oído: «Walter, querido amigo, te debo una, y te prometo que si alguna vez pienso en vender el apartamento te encargaré a ti que te ocupes de ello».

Walter sonrió y empezó a calcular la sustanciosa comisión que se llevaría al efectuar la venta.

Se despidió de Luisa, que lo miraba con una sonrisa insinuante y tocándose distraídamente el pelo. Enrique sabía lo que significaba ese lenguaje corporal, pero en estos momentos no estaba, para nada, interesado en escarceos amorosos. Venteaba, como los animales salvajes, el peligro.

Recogió a Fernando que parecía que se había tomado más de una cerveza, entraron en Super Sol el supermercado que está en la misma plaza. Hicieron algunas compras, se dirigieron al asador «El Pollo español» compraron un pollo y una ración doble de patatas fritas. Y partieron rumbo a la urbanización.

Nada más llegar se pusieron manos a la obra, se cambiaron de ropa, se pusieron otra más desenfadada, como la de los turistas, prepararon una bolsa con las toallas, los gorros para la piscina y debajo de las toallas escondieron sendas linternas; las linternas estaban sujetas a unas correas que se ajustaban la cabeza, metieron unos guantes de látex y unas zapatillas «cangrejeras» de las que se usan cuando se hace submarinismo en el mar Rojo u otros sitios con arrecifes de corales.

Bajaron, charlando desenfadadamente, las escaleras que conducen desde la parte alta de la urbanización hasta la piscina que está en la parte baja. Al pasar delante de los bloques 4 y 5, otearon el horizonte y al ver que no había nadie, rápidamente, se introdujeron en el estrecho sendero que hay entre los dos bloques, entraron en el portal del número cinco y rápidamente abrieron la puerta del apartamento 510.

Se pusieron los guantes de látex, se ajustaron las linternas, y a pesar de que todas las persianas estaban bajadas, corrieron las cortinas, procurando evitar que se filtrara el menor resquicio de luz. Aunque la urbanización estaba silenciosa y los pocos huéspedes que había estaban absortos en sus quehaceres o viendo la televisión, no estaba de más tomar todas las precauciones posibles.

Sabían lo que buscaban, pero no sabían dónde buscar.

Golpearon, quedamente, las paredes buscando huecos ocultos, descolgaron los cuadros, los armarios y muebles que se podían mover los movieron, en los que no se podían mover, intentaron escrudiñar con las linternas buscando algo que les llamara la atención, movieron el frigorífico, la lavadora y el lavavajillas buscando si los pen drives que buscaban estaban en la parte trasera de estos electrodomésticos, levantaron las mesas y las sillas, escudriñaron las patas para ver si había algún hueco en ellas, nada. Levantaron las tapas de las cisternas, buscaron en su interior, miraron en la estrecha ranura dejado entre la cisterna y la pared. Con un cuchillo pincharon los parterres de plantas de la terraza. No encontraron nada.

Estaban a punto de tirar la toalla y abandonar.

Entre los agentes de la policía criminal y los del CNI corría un dicho de que, por muy listo que sea un criminal, siempre comete algún error, hasta más de cinco errores, se decía.

Iñaki Uribe también había cometido un error, uno solo, pero que bastó para descubrir su bien guardado secreto. En el armario de limpieza habían visto una escoba, una fregona con su cubo, artículos de limpieza y una enorme aspiradora. Pero en su apresuramiento no había reparado en un trazo de regleta, de las que se usan para esconder los cables eléctricos que no están embutidos en la pared y los cables de comunicaciones, internet y teléfono que se instalan después, el trozo de regleta estaba en un rincón, pero lo que llamó la atención de Enrique fue que la regleta no era blanca, como suelen ser, sino marrón oscuro.

Se preguntó: ¿Qué muebles hay aquí marrón oscuro? Salió disparado hacía el salón, allí estaba, en un lateral, el mostrador de la cocina tipo americano. El color era marrón oscuro y el lavavajillas también estaba «paneleado» en ese color, así como el habitáculo de los cubos de basura. Sacaron totalmente el lavavajillas, Enrique se metió en el hueco debajo de la encimera. Pero no vio nada, tanteó con las manos la superficie de madera, al tocar la pared trasera notó un saliente, enfocó la linterna hacía la pared y ¡bingo!, allí estaba la parte que faltaba de la regleta. Le pidió a Fernando que le acercara un destornillador de punta fina y muy estrecha. Se volvió de cara hacia la pared, para alumbrar bien la zona y cuidadosamente forzó la unión entre la parte baja de la regleta y el cierre. La cubierta saltó y, estupefacto, vio una envoltura de plástico, era del que se usa para embalar objetos delicados. Con burbujas.

Lo cogió, le dijo a Fernando que volviese a colocar la tapa de la regleta. Colocaron el lavavajillas en su lugar. Se cercioraron de dejar todo tal como lo encontraron. Procuraron borrar las posibles huellas que pudieran haber dejado. A pesar de llevar guantes de látex y «cangrejeras» no querían dejar cabos sueltos. El trozo de regleta que ellos habían visto en el armario se lo llevaron con ellos, lo trocearían y arrojarían cada trocito en un contenedor diferente Tan sigilosamente como llegaron se marcharon.

Enrique estaba exultante por el hallazgo. Fernando lo miraba y no decía nada. Al llegar al apartamento Enrique pidió a Fernando que hiciera una copia de seguridad. En previsión habían llevado varios pen drives de 4TB cada uno.

Mientras Fernando hacía su trabajo Enrique chequeó el móvil desechable cuyo número había dado a Walter.

Se sobresaltó al ver en la pantalla el mensaje que decía: «Tiene usted un mensaje nuevo para oírlo llame al 22123». Marcó y escuchó: «Mensaje de hoy a las 21h15m» y la voz nerviosa y balbuceante de Walter que decía: «Enrique los visitantes han llegado, te verán mañana».

Un escalofrío le recorrió la espina dorsal. No había tiempo que perder. Le preguntó a Fernando como iba y cuando este le dijo que en cinco minutos terminaba se tranquilizó.

Como no habían deshecho las maletas, ni sacado los alimentos de las bolsas, le dijo a Fernando, acelera, nos largamos, voy a llevar todo esto al coche. En cuanto termines sal «pitando», te espero en el coche. Recoge todo, no dejes nada.

Fernando le miró sorprendido, pensó: «mi jefe está «gripao», acabamos de llegar y ya nos marchamos, pero no dijo nada y empezó a recoger sus cosas.

Cuando Fernando apareció, Enrique subió corriendo al apartamento, echó un vistazo rápido, se cercioró de que no olvidaba nada, cerró y se marchó.

Aunque estaba muy nervioso procuró calmarse y conducir con prudencia. Su mente trabajaba a mil por hora, tenía que pensar un plan.

Cuando estaban cerca de Málaga, al divisar el anuncio de que a unos 300 metros había una gasolinera y un área de descanso decidió parar y ver que instalaciones tenía. Solo era una gasolinera, pero adyacente a ella había una pequeña edificación con un rotulo de neón verde que decía hostal. La vista observadora de Enrique reparó en que había muchos camiones de gran tonelaje, algunos incluso con remolque. Los rótulos indicaban que la mayoría eran extranjeros. Enrique pensó que los conductores no pensaban seguir conduciendo. Entró en el comedor y vio a los conductores cenando copiosamente. Llegó a la conclusión de que pernoctarían allí.

Ellos no podrían registrase porque tendrían que enseñar sus DNI y no quería dejar pistas.

Se emboscaron en el coche y observaron cómo los conductores se iban retirando, unos se dirigieron al hostal, pero otros lo hicieron hacia sus vehículos. Observó que dos conductores de la misma compañía se dirigieron a sus vehículos, sacaron algo y se fueron juntos hacia el hostal.

Arrancó su coche y lo metió en el hueco que había entre los dos camiones. Pasarían la noche allí. Tendrían que madrugar más que los dos camioneros.

Doblaron los respaldos de los asientos traseros, hacia la parte delantera, y así habilitar un espacio más largo entre el portón trasero y los asientos. delanteros

Sería sus camas, dejaron las ventanas un poco bajadas porque todavía hacía mucho calor.

Fernando durmió como un lirón. Enrique no pudo dormir, los nervios, la tensión y los ronquidos de Fernando se lo impidieron. Pero por lo menos había estirado las piernas y descansado el cuerpo.

Antes de amanecer y sin despertar a Fernando, arrancó y se dirigió a Málaga.

Su plan era que viajarían separados, metería a Fernando en el primer AVE que saliera para Madrid y él volaría en el primer vuelo con igual destino.

Cuando llegó a la estación María Zambrano, instruyó a Fernando. Le dijo: «cuando llegues a Madrid, te montas en un taxi y te diriges a tu casa, al taxista le das la dirección de la calle, pero no el número, dale unos números antes o después, camina con naturalidad y te encierras hasta que yo te llame. No hables con nadie de este tema, no comentes nada».

«Olvídate de lo que has visto y oído» y le advirtió, para asustarle: - «Te va en ello la vida»-. Luego le dijo: - «Abre una cuenta en el banco que haya más cercano a tu casa y me mandas el número de cuenta al móvil, lo codificas según te he enseñado. yo te haré transferencias periódicas, ahora toma mil euros para que te duren unos días «¿Has entendido?».

Y por último guarda esto como si fuera un tesoro, escóndelos bien. Y le entregó cuatro pen drives de 4TB cada uno que contenían la copia de seguridad. Él se llevaría los originales.

Fernando con su flema habitual solo dijo: - «¡Si jefe!» - Le hizo un gesto de despedida y se dirigió al control de pasajeros.

Enrique llegó al aeropuerto, entregó el coche que

había alquilado y pagó en efectivo. En el mostrador de Iberia compró un billete de primera clase en el primer vuelo que salía para Madrid. También pagó en efectivo. Tuvo que vencer la renuencia y las suspicacias de la azafata, últimamente los pagos en efectivo eran motivo de sospecha.

Estaba nervioso, agitado, ansioso, pero su mente ya estaba funcionando, preparando los siguientes movimientos.

Esa misma mañana Luisa llegó jadeante a la oficina. Siempre llegaba tarde y siempre corriendo.

Vestía un bodi negro tan apretado que sus pechos amenazaban escapárseles por encima, la falda de cuero marrón era tan corta que más parecía una faja y llevaba los mismos zapatos que el día anterior.

Walter le dijo que tendría que llevar a tres visitantes a ojear el apartamento 510 de la urbanización las Orquídeas.

Cuando Luisa vio entrar a los invitados pensó: «¡Joder! estos tíos no son visitantes, son tres armarios de dos puertas. cada uno».

Altos, fuertes como robles, con unos brazos que parecían troncos de árbol y unas manazas que podían estrangular a una persona con una sola mano. Vestían unas bermudas que dejaban ver unas piernas que más que muslos parecían jamones. Llevaban camisetas sin mangas y sus pectorales parecían que las iban a romper, eran «unos tiarrones».

Pero había algo aterrador en sus miradas, Luisa podía leer en sus mentes un pensamiento lascivo, desagradable. A ella le gustaba que la miraran, pero no de la forma en que estos tres lo hacían.

Se acordó, mentalmente de todos los ancestros nazis de su jefe. Solo pensar que tendría que conducirlos hasta la urbanización la aterraba.

Nada más montarse en el coche, los dos matones que se sentaron en los asientos traseros se quedaron adormilados.

Pero el que iba en el asiento del copiloto empezó a mirarle los muslos sin recato y de vez en cuando la miraba como estudiando la reacción de ella. Luisa miraba al frente, atenta a la carretera e intentaba ignorar tan lasciva mirada. Pensaba estos tipejos son capaces de hacer que me desvíe en uno de esos caminos vecinales y violarme.

Se tranquilizó, solo un poco, cuando llegaron a la urbanización. Abrió la puerta los invitó a entrar y apresuradamente les enseño el apartamento. Luego con una sonrisa forzada les dijo: «Perdonen tengo que salir a fumar un cigarrillo, si no lo hago después de desayunar me pongo fatal, si necesitan algo me llaman». Espero que no lo hagan, pensó.

Al cabo de unos minutos uno de ellos la llamó. «Señorita ¿puede venir por favor?».

Cuando entró la dijeron: - «Nos quedaremos una semana».

- «Tendremos que bajar a firmar el contrato»- dijo Luisa.

-No, queremos hacerlo aquí, ahora.

Como buen teutón Walter había previsto esta contingencia y le había dado una copia del contrato.

Luisa dijo: - De acuerdo, «pongan su nombre, DNI y firmen»-. Los nombres y DNI eran falsos, pero Luisa ni se preocupó de ese detalle. Les dijo: - «son

3.500 euros». Uno de ellos intentó decir algo, pero el que parecía estar al mando le hizo una seña y se calló.

Cuando Walter le dijo a Luisa que el precio serían 500 euros día, Luisa fue a decir algo, pero Walter le dijo: - «Estos tíos están obsesionados con ese apartamento, no sé la razón, y pagarán lo que sea. Que te paguen en efectivo, nada de cheques» Luisa entendió en seguida la jugarreta y Walter captó su percepción, entonces le dijo: «Tú te llevaras 50 euros por día». Luisa pensó: ¡qué hijo de puta! A mí me callas con 50 euros, que, por otra parte, me vienen muy bien, pero tú ¡pedazo de cabrón!, te quedas con 100 más los 350 que le vas a pasar al propietario por gastos. Una ganancia limpia de 1 050 euros. Buen negocio Walter, eres un teutón cuadriculado, pero muy listo. ¡Que, jodido, el muy cabrón!

Le pagaron en billetes de 100 y de 200, los de quinientos habían desaparecido de la circulación, ya solo los utilizaban los narcos en sus transacciones.

En cuanto recibió el dinero Luisa salió escopetada, puso en marcha el coche y sin respetar los límites de velocidad volvió a la oficina. Fue tanta la tensión acumulada que tuvo que parar al pasar por el primer local que encontró, se tomó un carajillo muy caliente y se fue al baño a hacer pis. Pensó que no aguantaba.

En cuanto llegó a la oficina estaba tan alterada que le espetó a Walter: «¡hijo de puta! No me vuelvas a hacer una putada como esa, al menos avísame antes».

Walter pensó para sus adentros: - «Eso es lo que pasa cuando se tienen relaciones especiales con los empleados».

Contó el dinero, he hizo las reparticiones pertinentes. Se guardó sus 1 050 eurorazos y con una sonrisa de lobo se acercó a Luisa y le puso sobre la mesa sus 350 euros.

El teutón tuvo la delicadeza de enviar un mensaje a Enrique, que decía sucintamente: «los visitantes se quedarán una semana».

Los visitantes se quedaron dos días. Desaparecieron sin dejar rastro, pero dejaron el apartamento hecho unos zorros, de forma que necesitaría una reforma a fondo. Paredes y muebles destrozados, los armarios desarmados, hasta algunas losetas del suelo levantadas. Un auténtico desastre. Menos mal que la inmobiliaria, previendo los destrozos que causan algunos inquilinos había contratado un seguro a todo riesgo. El propietario recibiría sus 2 100 euros y no se enteraría de nada. Las islas británicas quedan muy lejos.

XII EL ESCÁNDALO

Ignacio su compinche había cumplido el trato. Su periódico sacaba un titular por la mañana, insinuando, sospechando, pensando algo y por la tarde ya no sospechaba o insinuaba ya parecía confirmar.

Sabía que la grabación podía ser cuestionada, no eran pruebas concluyentes, los medios de comunicación «empesebrados», los que se autodenominaban a sí mismos «progres» podrían argüir que todo era una farsa, un montaje. Por otro lado, la justicia también estaba muy «empesebrada», muy domada y no aceptaría nunca como prueba inculpatoria una grabación obtenida fraudulentamente.

Pero el periódico abrigaba la esperanza de que otros medios reprodujeran sus noticias o que generaran las suyas propias citando a su periódico.

Así un día por la mañana titulaba su artículo de la siguiente manera:

La BIC sospecha que la operación Ogro[1] fue financiada por la CIA.

Las investigaciones llevadas a cabo por la BIC y la guardia Civil han llevado a la sospecha, bien fundamentada, de que la CIA colaboró, tanto a nivel técnico como a nivel financiero, en el atentado que costó la vida al presidente del Gobierno Carrero Blanco.

La CIA dudaba de las intenciones del almirante y no creía que fuese capaz de convertir la dictadura franquista en una democracia. Bien es verdad que la democracia que la CIA perqueñaba para España era una democracia tutelada por los Estados Unidos.

Por la tarde el titular era el siguiente:

La BIC cree que la operación Ogro ha sido financiada por la CIA.

Fuentes generalmente bien informadas han asegurado a este periódico que la CIA financió y asesoró a ETA en la operación ogro.

Al día siguiente el titular era de esta índole:

Hay nuevos indicios de que en la masacre del 11M una organización terrorista usó a los «moritos» como marionetas.

Aunque para la opinión publica el sangriento atentado del 11M está, aparentemente, cerrado la BIC y la Guardia civil siguen investigando y tienen la sospecha fundamentada que los yihadistas fueron utilizados como chivos expiatorios.

Por la tarde el titular era:

Las investigaciones apuntan a que la ETA utilizó y engañó a los yihadistas.

Las investigaciones parecen confirmar la implicación de la ETA en los atentados del 11M, aún no se puede evaluar el grado de implicación. Pero ya no es sospecha su implicación está confirmada.

Los numerosos, casi todos excepto unos pocos kamikazes, medios afines a la coalición de socialistas, comunistas, separatistas, golpistas y asesinos se mesaban los cabellos, la SER y El País veían derrumbarse todas sus teorías, el ridículo, si estas informaciones se sustentaban en algo tangible, sería mayúsculo, estaban hundidos, su credibilidad, si es que les quedaba alguna, desaparecería para siempre, así como su presencia física en los medios de comunicación nacional.

Los partidos políticos y el CNI no iban a quedar mejor parados. El tsunami podría ser de proporciones impensables.

Todos, medios de comunicación afines o no, ministros comunistas, dirigentes de partidos políticos, terroristas y hasta el asesor personal del presidente entraban cada día en la web del periódico de Ignacio temiéndose lo peor.

1) En la mañana del 20 de diciembre de 1973 parecía un día más en las tranquilas calles de Madrid, la cercanía de las fiestas de Navidad parecía haber calmado algo, las turbulentas aguas que amenazaban con desbocarse, el régimen dictatorial parecía estar en sus últimos momentos, pero aún se resistía a pasar a mejor vida. La ciudadanía estaba esperando, y algunos, muchos, deseando que se produjera el hecho natural, así tan eufemísticamente se manifestaban los fieles franquistas al referirse a la esperada muerte del dictador. Todo parecía en calma, cuando una

terrible explosión convulsionó a la aún adormecida ciudadanía.

Se pensó en una explosión de gas, pero los hechos posteriores demostraron que había sido un atentado en toda regla perpetrado por la banda terrorista ETA contra el presidente del gobierno, el almirante Luis Carrero Blanco.

El almirante, había sido un perro fiel al dictador desde 1941, había pasado por diferentes cargos hasta que en junio de 1973 fue promovido al puesto de presidente del gobierno y se especulaba que sería el heredero del dictador cuando este pasara a mejor vida. El almirante era un hombre de pensamiento único, tenía una visión muy estrecha de la vida, su verdad era la única verdad, por lo que era fácilmente manipulable, solo tenía dos sentimientos, la patria y la religión. Su inmovilismo, su simpleza de ideas, lo habían convertido en un peligro para la esperada, deseada, ansiada y necesaria democratización del país.

Por eso cuando su coche blindado voló hasta la azotea de la casa Profesa anexa a la Iglesia de San Francisco de Borja en la madrileña calle de Claudio Coello muchos lo interpretaron como una acción de los poderes fácticos para os que el Almirante representaba un obstáculo para sus planes.

La explosión fue provocada por una carga de 50 kg. de dinamita que ocasionó un cráter de grandes proporciones en el asfalto y catapultó al coche oficial del Almirante, un vehículo blindado de más 1 800 kilos a una altura de más de 88 meros hasta depositarlo en la azotea de la casa Profesa. La explosión produjo un terremoto en el aparato franquista, que hasta la fecha se había considerado como invulnerable.

Su desaparición tuvo, efectos nocivos para los adalides de la democracia, pues le sustituyó un personaje siniestro al que apodaban «carnicerito de Málaga», por su participación en la sangrienta represión que sufrió esa ciudad después de la guerra civil.

Aunque la ETA se atribuyó su autoría, nunca se ha sabido que otras instancias estuvieron involucradas en este magnicidio.

E. Larby

XIII   LAS PRUEBAS

Cuando regresó a su casa, estaba ansioso por ver que contenían los 4 pen drivers, pero cuando intentó abrirlos para leerlos se llevó una sorpresa tan desagradable que se quedó mudo, allí no había nada, solo garabatos. Pensó que tanto esfuerzo para nada, todo había sido baldío.

Todo desmoralizado llamó por el móvil, desechable por supuesto, a Fernando, a otro móvil que Enrique le había facilitado, había hecho acopio de teléfonos desechables.

Cuando Fernando contestó Enrique le dijo: - «Fernando trata de abrir los 4 pen drivers que tienes y dime si contienen algo legible, en los míos solo aparecen garabatos».

Fernando le contestó con indiferencia, como cuando uno dice: «parece que está lloviendo», «estarán encriptados».

- «¿Y qué carajo es eso?» preguntó Enrique de mala manera-.

Fernando ni se inmutó, ya estaba acostumbrado a esas salidas «de pata de banco» y los dichos impertinentes de su jefe cuando este estaba nervioso. Con toda su flema le informó: « un fichero encriptado está protegido por una contraseña y si no la conoces no puedes acceder a él».

-Es decir que no tenemos nada- respondió Enrique

-No necesariamente-. Contestó cachazudo Fernando.

- «¡Joder Fernando! Que no estoy para acertijos, que estoy más cabreado que un mono» gritó Enrique. - «ve al grano, por favor».

- «Que puedo intentar desencriptarlos»- dijo Fernando.

- «Inténtalo por favor»- La voz de Enrique era más suave se había dado cuenta de que a Fernando no le intimidaban sus gritos y exabruptos.

-«Vale, cuando tenga algo te llamo» Contestó Fernando y colgó.

Pasaron dos días sin noticias, Enrique no quería presionarle, sabía que no serviría de nada, pero los nervios le consumían, estaba como el título de aquella película «al borde de un ataque de ansiedad».

Al tercer día cuando sonó el móvil y vio Fernando reflejado en la pantalla su corazón dio un vuelco, se temió lo peor, Esperaba oír la cachazuda voz de Fernando diciendo: -Lo siento jefe, pero no he podido.

Sin embargo, lo que escuchó le sonó a música celestial, y le hizo dar un brinco de alegría, con su monótona voz, escasa de inflexiones decía: - «Hecho jefe».

Enrique le dijo: - «Eres un genio chaval, agarra un taxi y tráemelos aquí, cagando leches».

Fernando le hizo una demostración de que los archivos estaban desencriptados, abrió uno de ellos y le mostró su contenido y allí mismo desencriptó los 4 pen que estaban en poder de Enrique.

Empezó a abrir archivos y a leer, cuanto más leía más se inquietaba, aquello era una bomba de relojería, no solo para algunos partidos políticos e instituciones, sino para todo el sistema. El tinglado se venía abajo.

Decidió llamar a Ignacio. Establecieron la rutina de siempre, Ignacio le devolvería la llamada desde un teléfono público a un móvil desechable.

Cuando recibió la llamada Enrique empezó, de forma atropellada, a decirle que tenía los documentos que con tanta desesperación estaba buscando Bildu y sucintamente le comentó la importancia de su contenido.

Estuvieron de acuerdo que ese material, tan explosivo, no podía caer en manos de extraños. Decidieron que se tenían que reunir en secreto, ni la redacción del periódico tenía que saber, no de momento, nada del contenido de las memorias USB.

Ignacio quería evaluar él, personalmente, el contenido de esos artilugios antes de decidir nada. Le pidió que tomara todas las precauciones pertinentes, porque había oído rumores, El periodista parecía tener antenas en todos los sitios, los rumores eran preocupantes y atañían a la integridad física de Enrique.

Este le preguntó: «¿Que rumores?».

- «Aunque te llamo desde un teléfono público nunca se sabe, te lo contaré cuando nos veamos».

Enrique le dijo: «¿Qué te parece si hacemos algo de senderismo?, necesitamos ejercicio, que estamos engordando».

- ¿Qué me propones? - Contestó Ignacio.

- ¿Qué te parece si vamos al embalse de Naval medio? Propuso.

- Por mi perfecto

- Yo voy a ir hasta Cercedilla en tren- agregó Enrique, - te digo a qué hora llego y me recoges en tu coche en la estación ¿te parece?

- De acuerdo. Mañana nos vemos.

El móvil acabó hecho añicos y repartido en varias papeleras.

Al día siguiente Enrique preparó su mochila, metió en ella las cuatro memorias, unas gafas de sol, una gorra, crema protectora, una botella de agua y una camiseta. Y no olvidó su portátil, que había dejado cargando toda la noche.

Decidió obviar el llamar a un taxi, no quería dejar pistas, sabía que las primeras pesquisas de la policía y el CNI serían los taxistas.

Subió al metro en la estación de Arturo Soria, la línea 4 le dejó en la estación de Pinar de Chamartín y la 1 en la estación de Chamartín, y el tren de cercanías le dejaría, después de 1h35m. en Cercedilla. Llegaría a Cercedilla a las 12h,35m. Tiempo para tomar algo y salir a pasear. Avisó a Ignacio.

Al encontrase se dieron un fuerte abrazo, empezaban a respetarse y comprenderse, habían sembrado la semilla de una amistad que sería muy productiva y duradera.

En los trece minutos que los llevó recorrer los 7,4km entre Cercedilla y el embalse, Ignacio le comentó algo de lo que estaba aconteciendo.

Aunque la sociedad española seguía abotargada, adormecida, había sectores que no lo estaban, su actividad era frenética. Había comenzado una caza de brujas en busca de quien o quienes estaban filtrado esa información. Los partidos políticos husmeaban entre sus dirigentes, no se libraba nadie. Las luchas fratricidas siempre presentes, aunque a veces larvadas, se habían recrudecido, se manejaban dossiers y se culpaban los unos a los otros. Cada fracción veía una oportunidad única para destruir a su enemigo, aunque eran, teóricamente, compañeros de partido, la realidad era que se odiaban a muerte. Como dijo alguien: «el español disfruta haciéndole la puñeta a los demás».

En el CNI pasaba exactamente lo mismo, alguien,

seguramente uno de los muchos enemigos, o el sicofante de turno, que Enrique se había creado en el cuerpo, había dirigido sus dardos contra él. Le explicaba Ignacio. «Les llama la atención de que, a pesar de tu mala salud, que has esgrimido para solicitar un permiso tan prolongado, no entendían tu intensa actividad, tus viajes a Marbella, tu estancia en Castro, se preguntaban: ¿Qué hace en Castro Urdiales si tiene un precioso apartamento en Marbella?» «Pero sobre todo lo que más les intriga son tus frecuentes viajes relámpago a Bilbao. Te habían estado siguiendo y el hecho de que no estuvieses, oficialmente, localizable, les ponía de los nervios. Sospechan de ti, piensan que no debes ser muy ajeno a estas informaciones. Incluso alguno lanzó la frase: «Habría que neutralizarlo».

- ¿Cómo y cuándo fue eso? -, preguntó Enrique sumamente preocupado-.

Al parecer, según mis informaciones, hubo una reunión muy tensa entre el director general de la casa (DG) y el director de operaciones especiales (DOE), que como todo lo que pasa en esa casa de meretrices, enseguida se filtró.

DG - ¿Qué sabemos de Enrique?

DOE- La verdad que no mucho, sabemos que está en Castro Urdiales, pero no lo tenemos localizado, es muy listo el muy cabrón.

DG-No te olvides que era de los mejores. ¿Eso que está saliendo en ese infecto panfleto, quien lo está filtrando?

DOE-No lo sabemos, el periodista se niega a revelar sus fuentes.

DG-Tiene que ser Enrique, el etarra murió en la misma urbanización donde Enrique tiene su picadero, y a ese cabrón no se le escapó quien era el muerto, sé que pidió una copia del informe de la autopsia y sobre las huellas dactilares del cadáver. Ese hijo de puta está tramando algo, tenemos que «neutralizarlo».

DOE- ¿Neutralizar a uno de los nuestros?

DG-Ya no es uno de los nuestros, ese hijo de puta nos está haciendo mucho daño y nos puede hacer mucho más.

DOE- Pero.

DG- No hay pero que valga, ¡joder!, si no tienes estomago para una cosa así, te relevo del cargo y busco a otro que tenga cojones. A estas alturas no podemos andar con remilgos. Tú decides.

Enrique escuchaba en silencio, sin interrumpirle, pero ya su mente estaba empezando a pergeñar un plan de escape. Llevaba tiempo pensando en ello, sabía cómo se las gastaba La Casa. Sabía que empezarían una campaña de desprestigio, tratarían de congelar sus cuentas y sus tarjetas, y si esto no resultaba hasta podría ocurrirle un accidente, primero un accidente leve y luego, quizás, uno mortal.

Empezaron su paseo como dos turistas más de los miles que suelen acudir al embalse, amantes de la naturaleza y en busca de frescor.

Caminaron unos cientos de metros, hasta llegar a un lugar adaptado para que los turistas puedan descansar. y alimentarse El lugar tiene unas mesas de madera con bancos corridos y preparadas para 10 personas. La sombra de los pinos hace que el lugar sea fresco, rodeado de naturaleza es el lugar ideal para descansar y relajarse. Eligieron uno de los bancos más alejados de las pocas personas que a esas horas del día, eran solo las tres de la tarde, disfrutaban de su almuerzo. Enrique encendió su portátil y conectó la primera memoria, las había ordenado cronológicamente.

Pusieron la pantalla del ordenador de espaldas a las otras mesas, de forma que, si algún curioso pasase por allí, no pudiese, ni por casualidad, ver lo que se reflejaba en la pantalla.

Ignacio se concentró en lo que Enrique le mostraba, su cara reflejaba lo que sentía a medida que visualizaba los documentos. Su expresión, al principio curiosa, fue dando paso, paulatinamente a una expresión de asombro, estupefacción y preocupación. Era muy consciente de la importancia que podía tener para el país lo que allí se destapaba. El 11M había sido el suceso del que más se había hablado, especulado, tergiversado y manipulado de las últimas décadas. Y también el secreto mejor guardado.

Y allí ante sus atónitos ojos se encontraban todas las claves. No podía apartar los ojos de la pantalla. Al terminar de visualizar el segundo pen drive, se volvió a Enrique y le dijo: - «Amigo esto es una bomba de potencia nuclear que puede destruirnos a todos. Habrá que andar con pies de plomo, son gente muy peligrosa, sin escrúpulos, capaces de matar si esto les permite salvar su preciado trasero».

- «Esto tengo que analizarlo con algunos de mis colaboradores más cercanos para diseñar la estrategia de publicación. Habrá que sacarlo paso a paso y que nadie sospeche de donde hemos sacado la información».

- «Te aconsejo que tomes todas las precauciones posibles, como sabes nosotros, los periodistas, no estamos obligados a descubrir nuestras fuentes, pero siempre hay filtraciones y traiciones».

- «Te gradezco tus consejos, tu sabrás mejor que yo que hacer con estas grabaciones Disfrutemos del entorno».

Se despidieron en la estación de Cercedilla. Enrique regresó a su casa y empezó a preparar su fuga.

E. Larby

XIV   LA FUGA

Les llevaba ventaja, él conocía sus planes, pero ellos ignoraban los suyos.

Solicitó la prejubilación alegando los mismos argumentos esgrimidos cuando solicitó el largo periodo de vacaciones que todavía disfrutaba. Como llevaba más de 40 años trabajando en La Casa no se lo podían negar. Sabía que se exponía a ser localizado, pero era un riesgo que tenía que afrontar.

Afortunadamente para Enrique, la coordinación entre departamentos no era la principal virtud de La Casa, de hecho, era inexistente. El departamento de RR.HH. no estaba al tanto de lo que se tramaba en las altas esferas. Tramitaron de forma inusualmente rápida su petición.

Fue a la perfumería más cercana y compró lo que necesitaba. Se tiñó el pelo, ahora era rubio pajizo, se dejó bigote, se puso unas falsas lentillas, ahora sus ojos eran azules. En la ortopedia había comprado una banda elástica para el gemelo de la pierna derecha alegando que le dolía, lo que en parte era cierto, y un bastón.

Empezó a practicar a caminar un poco encorvado y apoyándose en el bastón. Había envejecido 10 años, ahora era un semi anciano respetable. Alquiló un apartamento en Sor Angela de la Cruz, esquina a Bravo Murillo. Y se hizo invisible.

En una tienda de disfraces de la calle Bravo Murillo, muy cercana a su casa, le explicó al dependiente, un chico muy simpático, que estaba organizando una fiesta para jubilados, que le aconsejara accesorios para disfrazarse, no quería trajes, solo accesorios, adquirió pelucas, barbas, bigotes, gafas y lentillas de diferentes colores y unos artilugios, lo último del mercado, que le permitía simular distintos tipos de dolencia en piernas y espalda.

Visitó a un antiguo y buen amigo, que le debía algunos favores. El amigo tardó en reconocerlo, lo que a Enrique le produjo bastante satisfacción. Al cabo de una semana tenía en su poder cuatro pasaportes y un carnet de conducir.

En uno era Ronaldo Coutinho Barata, de nacionalidad portuguesa, nacido en Lisboa el 4 de abril de 1961.

En el segundo era un ciudadano español llamado Bernardo Pérez Fernández, nacido en Madrid el 10 de mayo de 1962. En el tercero seguía siendo español, pero se llamaba Juan Reigadas Herrero nacido en Torrelavega (Cantabria) el 12 de diciembre de 1960 y el último pasaporte decía que era un ciudadano costarricense llamado Santiago Vargas Rojas, nacido el 22 de junio de 1959.en San José (Costa Rica), el carnet de conducir era de ese país.

Su siguiente movimiento fue llamar a Walter y alagarle los oídos. «Walter, querido amigo, vas a hacer el negocio de tu vida, te voy a hacer un regalo que sé que gustará, te vendo mi Volkswagen Corrado Cabriolet que tanto te gusta y te lo voy a vender barato. Y además te autorizo a que pongas a la venta mi apartamento».

Walter pensó que no había mejor forma de empezar el día. Iba a adquirir un coche del que llevaba mucho tiempo encaprichado y que no estaba en el mercado, sabía que había sido una producción limitada y que se había dejado de fabricar. Y además iba a poder vender un apartamento en una zona codiciada, con mucha demanda. A su 5% de comisión, si tenía suerte, podría añadir una sustancial diferencia entre el precio de venta real y el que se le decía al propietario. y que era el que se declaraba ante notario. No todos ganaban, porque para que haya uno que gane tiene que haber otro que pierda.

El modus operandi era muy simple. Walter y el comprador acordaban un precio real de venta y otro para el registro. El comprador ganaba porque al registrar la propiedad por un precio inferior ahorraba una cantidad sustanciosa en impuestos. Walter ganaba si conseguía hacer creer al vendedor que el registrado era el precio real de venta, había muchos ingenuos vendedores que mordían el anzuelo. De hecho, el precio registrado era el que Walter, a modo de tanteo, le había sugerido que era el adecuado para vender. El notario sospechaba, más bien conocía estas prácticas, y aunque perdiera algo en la minuta. ¿Quién era él para hacer de justo? Pelillos a la mar y al negocio. Walter era un muy buen cliente.

Enrique solo puso una condición, ya que el precio de venta le pareció razonable, además tenía prisa en vender y no podía andar regateando, quería, exigía, que el pago se efectuase, en cuatro cheques conformados y al portador. Aludió a que tenía socios y tenía que compartir. Le hubiese gustado que el pago fuese en efectivo, pero sabía que estaba prohibido, por el tema de blanqueo de capitales.

Cuando la venta del apartamento de Enrique se concretó, este acompañó a Walter a su oficina. Le dijo sonriente: «Walter, querido amigo, vamos a celebrarlo en privado». Al llegar le dedicó una cálida sonrisa a Luisa y le dijo: - «Toma guapa, y le tendió un billete de 100 euros, cómprate una de esas prendas que tanto te gustan, y añadió sarcástico, ¡pero que no se encojan al lavarlas! y luego vete a casa»- Luisa le brindó una de sus manufacturadas sonrisas y como no era tonta entendió que Enrique y su jefe tenían cosas que discutir.

Walter, aunque estaba sorprendido, no dijo nada.

Cuando Luisa se marchó, Enrique cerró la puerta del despacho de Walter, corrió el pestillo de seguridad, bajó las persianas, sacó su pistola, se la puso a Walter a cinco centímetros de la cara y con la más cálida de sus sonrisas le dijo: «querido amigo, ahora me vas a entregar ese cheque que se te ha olvidado entregarme».

Walter se puso lívido y se hizo pis en los pantalones. Sin decir palabra fue a abrir su cartera, pero se detuvo cuando Enrique en tono perentorio le dijo: «Con cuidado, sin hacer tonterías, no cometas estupideces». El teutón abrió la cartera y sacó un cheque al portador por un importe de 50 000 euros.

Enrique cogió el cheque, se levantó y se marchó sin decir palabra.

El germano que estaba petrificado no se pudo levantar hasta pasados más de cinco minutos. Enrique ya había desparecido, conducía rumbo al sur. Era el siguiente movimiento.

Un mes antes ya había preparado el terreno para su fuga. Había volado a Jerez de la Frontera, alquilado un coche y por la autovía A381 Jerez-Los Barrios, más conocida con la Ruta del Toro había llegado hasta La línea de la Concepción en la provincia de Cádiz. Había aparcado en el aparcamiento Santa Barbara situado justo enfrente de la frontera con Gibraltar, había cruzado esta como un turista más de los miles que visitaban el Peñón diariamente, unos por placer, otros por el morbo de visitar la única colonia que había en Europa, y otros, como Enrique, por motivos inconfesables.

Deambuló por la ciudad como un turista más, subió en el funicular al mirador del pico, hubiese disfrutado de las vistas si su mente no estuviese ocupada por temas más urgentes.

Cuando se percató de que nadie le seguía, se estaba volviendo paranoico, se dirigió a pie a la nueva atracción de Gibraltar el sky walk o pasarela Gibraltar, un mirador de cristal situado a 340 metros sobre el nivel del mar y con una panorámica impresionante de todo el territorio.

En su camino hacia marina bay, al pasar por la Main Street hecho de soslayo una mirada alrededor, se cercioró de que nadie reparaba en él y entró en las oficinas del Gibraltar International Bank donde abrió una cuenta. e ingresó 200 euros A nombre de Juan Reigadas, mostró su pasaporte falso, el empleado le informó que no era necesario, memorizó el número de cuenta, aunque el empleado le dio un impreso con todos los datos, más tarde él convertiría este número en un galimatías, con su método particular de codificar números. Y continuó su paseo hasta marina bay. Se adentró en el Admiral walk, dejó atrás el Sunborn Gibraltar, un antiguo buque de cruceros convertido en hotel de 5 estrellas y el casino más concurrido de la ciudad.

El restaurante El Faro de Gibraltar tiene una bien merecida fama de ser el mejor restaurante para degustar mariscos. Saludó al Chef Pepe, que lo recibió muy cordialmente, un antiguo conocido, y le pidió el favor de que le preparara una parrillada de mariscos, para uno. Era un favor especial porque las parrilladas eran, como mínimo, para dos personas. Pero siempre hay favores que saldar y a Enrique había mucha gente que le debía favores. Sobre todo, mucha gente en esa zona de contrabandistas, estraperlistas y otros istas.

Manolito el sommelier, otro viejo amigo, que también le debía favores, después de saludarle efusivamente le aconsejó que para acompañar al marisco nada mejor que un vino blanco de la sierra de Cádiz, y le sugirió el Socaire 2018, le instruyó que era 100% uva palomino, seco de primera yema y con 24 meses de crianza bajo velo de flor.

Degustó plácidamente la parrillada y el vino. Felicitó al Chef y al sommelier, terminó su café solo y con sacarina, y pidió la cuenta. Matías el propietario se acercó a saludarle y para decirle que invitaba la casa. Enrique sabía que no valía la pena discutir. Además, Matías también le debía algunos favores. Casi todo el mundo en Gibraltar le debía favores.

Hasta hacia bien poco la actividad más lucrativa de Gibraltar había sido el contrabando y el lavado de dinero. Y además recordó lo que un antiguo compañero solía decir cuando le invitaban a algo y aceptaba a la primera. Enrique le solía decir: «Hombre por lo menos, por educación, agradece la invitación y recházala», a lo que su compañero, con una lógica apabullante respondía: «Mira Enrique, si lo hace de corazón, de verdad, para que te vas a negar y si lo hace por hipocresía, por quedar bien, pues ¡que se joda!, por farsante».

Caminó despacio por la Bay Side Rd., hasta la confluencia con la Glacis Rd., continuó por la Smith Dorrier Avenue. hasta llegar a la Line Walk Rd., caminó por la larga calle y al llegar a la altura del número 57 cruzó a la acera contraria, se detuvo a ojear el escaparate de una tienda de artículos deportivos, atisbó, usando como espejo el cristal del escaparte, y cuando se cercioró de que nadie le observaba, cruzo rápidamente la calle y se adentró en las oficinas del ATM Gibraltar Internacional Bank, esta vez la cuenta la abrió el ciudadano español Bernardo Pérez Fernández, ni se preocupó de mostrar el pasaporte, realizó un ingreso de 300 euros, cuando recibió el justificante, se marchó.

Se dirigió a una parada de taxis y pidió al taxista que le acercara a la frontera. Al llegar cerca del aeropuerto tuvieron que parar ante el semáforo que permitía atravesar la pista de aterrizaje. Estaba en rojo, un avión de la línea aérea British Airways estaba a punto de aterrizar. Como la frontera estaba cerca despidió al taxista y se dispuso a esperar hasta poder cruzar.

Nada más pasar la frontera y llegar al aparcamiento sacó su portátil del maletero y codificó los números de cuenta. Y los guardó en un archivo encriptado. Fernando le había explicado cómo hacerlo.

El método que usaba Enrique para codificar se lo había explicado un vendedor de productos informáticos. Y Enrique lo había adoptado a sus necesidades.

Empleaba la palabra. Cleopatrix y a cada letra le asignaba un número del 1 al 0, así, por ejemplo: la letra C era el número 1, la L el dos y así sucesivamente hasta la X final que era el cero.

De esta forma el numero de la primera cuenta que era: 4654 8725 1001 5384 7120 se transformó en OAPORTLPCXXCPEROTILX que fue el código que Enrique tecleó en su ordenador. El siguiente que era 7657 8524 2030 3100 5690 se transformó en TAPTRPLOLXEXECXXPAIX.

Hecho esto sacó su coche del aparcamiento y se marchó. Al llegar al aeropuerto de Jerez, lo entregó en el mostrador de Hertz, y tomó el vuelo hasta Madrid.

Enrique rememoraba todo esto mientras su coche de alquiler se deslizaba veloz, pero sin rebasar los límites de velocidad, llevaba consigo a buen recaudo ocho cheques al portador, en realidad eran nueve contando el que le había arrancado a Walter. y no quería correr riesgos. Llevaba consigo más de 700.000 euros.

Había vendido el piso de Madrid y había empleado el mismo sistema, cuatro cheques confirmados y al portador. Esta vez no tuvo constancia de que la inmobiliaria le hubiera timado en el precio.

En ninguna de las dos ventas pagó las plusvalías, porque como decía en román paladino, las consideraba un robo descarado, se preguntaba: «¿Cómo se puede revalorizar algo que no existe?». Las plusvalías o en su término técnico el IIVTNU, es decir el Impuesto sobre el Incremento del Valor de los Terrenos de Naturaleza Urbana, estaría bien en el caso de la venta de un terreno, pero razonaba Enrique: ¿El terreno no había dejado de existir cuando se construyó sobre el mismo? Y aunque el mercado inmobiliario estaba en retroceso y el valor de la propiedad había bajado hasta un 50% en algunas zonas, los ayuntamientos, los nuevos asaltantes de caminos emuladores de Curro Jiménez, decidían que el suelo se había revalorizado en el porcentaje que, a ellos, en su desmedido e incontrolado gasto, les interesaba en función de sus ansias recaudatorias. Se negó en rotundo a dejarse meter la mano en el bolsillo de formar tan descarada. Además, ya había empezado a hacerse invisible.

Los 129 km que separan Elviria de La Línea de la Concepción se le hicieron interminables Estaba deseando llegar. Dejó el coche en el ya familiar aparcamiento Santa Bárbara y el ciudadano español que esta vez cruzó la frontera fue Juan Reigadas, tomó un taxi, primero fue al Gibraltar International Bank, allí deposito dos cheques de la venta del apartamento y otros dos de la venta del piso de Madrid. En el ATM repitió la misma operación y tambén entregó el cheque Walter como él lo llamaba.

Hecho esto, con el mismo taxi llegó a la frontera. Recogió su coche y condujo hasta Jerez. Entregó el coche en el mostrador de Avis, donde lo había alquilado a nombre de Bernardo Pérez. Abordó el Andalucía exprés hasta Sevilla y allí embarcó en el primer AVE que salía hacia Madrid.

Ya en su apartamento preparó la poca ropa que metería en una pequeña maleta, tamaño cabina, metió lo que consideró lo más imprescindible. En su mochila metió el portátil y la Tablet con sus cargadores.

El ciudadano Bernardo Pérez compró por internet el billete para el vuelo de Iberia IB3108 Madrid-Lisboa que salía a las 07h25m del siguiente día. El mismo ciudadano reservó un taxi para que lo recogiera a las 05.00h. El ciudadano Enrique Lozano había dejado de existir.

El ciudadano portugués Ronaldo Coutinho Barata hizo una reserva en el vuelo de la TAP TP0075 (Transportes aéreos portugueses) con destino Rio de Janeiro que partiría de Lisboa a las 23h30m y que llegaría a la ciudad a las 05h00m del siguiente día. Después de un vuelo de 09h55m.

Y trató de descansar, aunque no podía dormir porque la tensión lo mantenía despierto.

Llegó a Lisboa a las 07h50m, debido a la diferencia horaria había ganado una hora.

El aeropuerto internacional de Lisboa se llamaba aeropuerto de Portela por estar situado en la pedanía Portela de Sacavém a 7km al norte de Lisboa. Y posteriormente fue rebautizado, en 2016, como aeropuerto Humberto Delgado, en honor a este militar y político portugués que se opuso a la dictadura de Oliveira Salazar y fue asesinado en España por la policía secreta portuguesa, la tristemente famosa PIDE (Policía Internacional de Defensa del Estado).

Enrique, es decir Bernardo, se sobresaltó, cuando vio que el aparato sobrevolaba la ciudad a muy baja altura, temió que se fueran a estrellar.

En el aeropuerto buscó la consigna y dejó el

equipaje. Tenía prácticamente todo el día libre y decidió visitar la ciudad. Tomó un taxi que le condujo a la Plaza del Rossio. Aunque había desayunado en el avión, al pasar por una cafetería un fuerte pero exquisito olor a café le hizo desear tomarse una bica, un café corto muy cargado, y un sabroso pastelito típico portugués, el pasteis de nata, receta original portuguesa que consiste en una base de hojaldre con crema pastelera horneada por encima.

Descendió por la Rua Aurea hasta llegar a la Plaza del Comercio, lugar emblemático de Lisboa, y su plaza más importante. Fue construida en el lugar donde había estado ubicado el Palacio Real que fue destruido por el terremoto de 1755. El tsunami posterior provocó una ola tan enorme que llegó hasta Cádiz ciudad situada a más de 350 km de Lisboa, equivalente a 188,98 millas náuticas e inundó las zonas más bajas de la ciudad. En esa bella ciudad del sur de España, en el populoso barrio de la Viña, en la calle de La Palma, hay un cuadro de la Virgen justo en el lugar en el que, milagrosamente, por la intervención de la virgen de la cercana parroquia, eso cree el vulgo, se detuvieron las aguas.

En la plaza del comercio le impresionó el Arco de Triunfo de la Rua Augusta que fue construido para celebrar la reconstrucción de la ciudad después del terremoto. El Arco triunfal tiene varias esculturas que representa el Arte, el Genio Supremo y el Valor y están dedicadas a Nuno Alvares, Viriato, Vasco de Gama y el Marques de Pombal.

Y la estatua ecuestre de José I que reinaba en Portugal en aquellas fechas.

Deseaba ver la torre de Belém, pero como estaba algo alejada solicitó los servicios de un taxi. Este lo llevó por la Avenida de la India donde lo dejó en la entrada al jardín do torre de Belém. Admiró sus cuidados jardines y se dirigió a un extremo del parque para ver el monumento a los aviadores, luego caminó hasta el otro extremo del parque donde está situado el monumento a los combatientes. Desde la distancia contempló la majestuosa torre de Belém y aunque no parecía demasiado alta luego se enteró de que tenía cinco plantas de altura. En los paneles informativos leyó un poco sobre la historia de la torre.

Fue construida como fortaleza defensiva de la entrada a la bahía de Lisboa en el estuario del rio Tajo. Después tuvo otros cometidos como: Puerto de salida de los navegantes y conquistadores portugueses, prisión, faro y por último centro de recaudación de impuestos.

Pero su belleza reside en su decoración exterior, sus cuerdas esculpidas en la piedra, sus galerías abiertas, sus torres de vigilancia de estilo mozárabe y sus almenas en forma de escudo.

Solicitó los servicios de otro taxi para que le condujera al Museu de Marinha (El Museo de la Marina) dedicado, como su nombre indica, a la historia de la marina portuguesa.

El museo tiene 13 salas que abarcan un área de

50 000 m2, de los cuales 16 000 están dedicados a exposiciones permanentes. Y como le sobraba el tiempo decidió acercarse a Cascáis y degustar su famosa parrillada de mariscos, el marisco era su debilidad.

Solicitó a un taxista que le llevara a la estación Cais do Sodré desde salían los trenes a Cascáis, la frecuencia era de 15 minutos a un módico precio de 4,50 euros. La duración del trayecto de 45 minutos se le pasó muy rápidamente, las vistas del mar son impresionantes y el recorrido muy ameno. El tren tenía paradas en Oeiras, Cacabelos, Sao Joao de Estoril y Monte Estoril hasta arribar en Cascáis.

Aunque aparentaba ser un turista más, de los cientos de miles que visitan ese país, tan cercano físicamente a España, pero tan lejano en todo, no por ello bajaba la guardia, se detenía inesperadamente y escudriñaba el entorno, miraba los escaparates para vislumbrar si era seguido, cambiaba de rumbo, estaba en alerta continua, era como una gacela olfateando la proximidad de los depredadores, aunque en este caso serían depredadores de dos «patas».

Deambuló por la ciudad, se acercó a la playa y como aún era temprano para cenar decidió tomar un taxi y acercarse hasta la Boca do Inferno, unos acantilados frente al mar golpeados por las fuertes olas y una cueva abierta creada por la erosión. Como dudaba que fuera fácil encontrar un taxi para la vuelta, aunque podía hacerlo a pie, eran solo 5km entre Cascáis y la Boca do Inferno, prefirió pedir al taxista que lo esperase.

Solicitó del amable taxista que le recomendara un buen restaurante, este le sugirió el Visconde da Luz, situado en los jardines del que tomaba su nombre.

Allí no tenía amigos así que tuvo que aceptar que la parrillada era para dos, la regó con un vino verde, pidió la recomendación del sommelier, este le sugirió un Muros Antigos de 2020, 100% albarinho, envejecido en barricas de roble francés y le explicó que su sabor era de una gran frescura aromática, redondez y untuosidad, muy adecuado para mariscos. Enrique, bueno Bernardo no entendió eso de redondez y untuosidad, pero le agradeció la información.

Aunque disponía de dinero en efectivo quiso probar una de sus nuevas tarjeas de crédito. Pagó se dirigió a la estación, abordó el tren y regresó a Lisboa. En la estación Cais do Sodré pidió a un taxi que lo llevase al aeropuerto Humberto Delgado.

En el mostrador de la TAP le dieron la tarjeta de embarque y le indicaron donde estaba la sala VIP. Pidió un güisqui. Se repantingó en un cómodo sillón y se quedó dormido. Le despertó una voz dulce y melodiosa que hablaba un portugués con acento brasileño que le decía: «senhor vamos embarcar».

Enrique Lozano había muerto y pronto lo haría Bernardo e igual suerte correría Ronaldo que se convertiría en Santiago Vargas Rojas ciudadano costarricense o tico como les gusta que les llamen.

XV   EL CAMINO

Al aeropuerto internacional Antonio Carlos Jobim de Rio de Janeiro llegó el ciudadano portugués Ronaldo Coutinho Barata en viaje de negocios, el cual, ante la pregunta del funcionario de control de pasaportes, declaró que se hospedaría en el hotel Novotel Porto Atlántico, donde tenía reservada habitación.

El funcionario no le prestó demasiada atención, al fin y al cabo, los portugueses son para los brasileños como sus hermanos mayores.

Ronaldo salió, se puso a la fila de los pasajeros que esperaban un taxi, observó que, antes de entrar al taxi, se producía como una discusión, preguntó a la jovencita que estaba detrás de él: ¿Qué problema hay?, la señorita le respondió con una voz melosa e insinuante: «não ten problema elles estão discutiendo o preço», (no hay problema están discutiendo el precio). ¿Pero no hay una tarifa marcada? «você é novo no país, ¿certo?, aquí você tem que pechinchar em tudo». (usted es nuevo en el país ¿verdad?, aquí hay que regatear en todo) ¿y cuánto debo pagar para ir al Novotel Porto Atlántico? Preguntó Ronaldo. Unos 90 riales, dijo la chica.

Ronaldo agradeció la amabilidad de la joven y se preguntó a sí mismo. «¿Cómo te las arreglas que cuando abordas a alguien para preguntarle algo siempre los haces a mujeres jóvenes y bonitas?» Será un impulso genético natural que me atraiga la belleza.

Cuando llegó su turno y con la lección aprendida se dirigió al taxista y le dijo: -«Avenida Profesor Pereira Reis 49, 90 riales ¿OK?» El taxista no supo que responder, se quedó perplejo, como este tipo, a todas luces extranjero, demostraba conocer las triquiñuelas brasileiras. Solo pudo decir: OK.

Se registró, preguntó en recepción donde estaba la galería comercial, dejó que el chico se hiciera cargo de su maleta, agarró la llave de su habitación y se fue de compras.

En la tienda de caballeros compró tres pares de pantalones de algodón, se cercioró de que el dependiente entendiera que quería algodón fresco y transpirable. Eligió un pantalón de color beige claro, otro verde esmeralda y otro azul marino navy, el dependiente le dijo que este color aportaba un toque elegante especial y le aconsejó combinarlo con una camisa blanca con botones y unas pequeñas líneas azules, le recomendó llevar un cinturón de cuero y unos zapatos color miel. Ronaldo preguntó si tenían zapatos de piel con tiras trenzadas, que le gustaban mucho y que compraba cuando visitaba España. El dependiente le mostró un modelo de Shopello al que denominó Ibérico shoes, de color miel y con cordones. Y un precio bastante elevado 120 euros unos 780 riales. Compró media docena de camisas, de variados colores, pero predominando las blancas, calcetines, ropa interior, todo de algodón fresco y transpirable.

Subió a su habitación y se duchó, se puso el pantalón azul navy y la camisa blanca con rayas azules, se calzó sus nuevos zapatos y empezó su periplo por los bancos brasileiros.

En la puerta instruyó al portero para que negociara con un taxista, quería contratar el taxi durante todo el día, mientras depositaba sigilosamente un billete de 10 riales en su mano izquierda. El portero discutió, muy duramente con el taxista, y llegó a un acuerdo satisfactorio para ambas partes. Le pagaría 400 riales.

Le dijo al taxista Avenida Rio Branco 1, cuando llegaron el taxista le dejó justo en la puerta del edificio y le dijo: «Eu espero aquí». Ronaldo entró en el lujoso ascensor exterior del edificio y pulsó la tecla 16. Las vistas eran espectaculares, pero Ronaldo no estaba atento a eso. Estaba pensando, que si se podía regatear también en los bancos tendría que sacar el máximo provecho a su depósito. La siguiente visita fue al HSBC sito en Praia do Botafogo 300, piso noveno.

Ambos banqueros estaban encantados de recibir nuevos clientes, sobre todo como este que decía que transferiría una sustancial cantidad de euros. Aquí eran un poco más quisquillosos, pero sin exagerar, que en Gibraltar y tuvo que mostrar su pasaporte.

En ambos casos fue inflexible en la exigencia de que le proporcionaran las tarjetas de coordenadas que le permitirían efectuar las transferencias. Aunque los dos banqueros le ofrecieron que usara sus instalaciones, querían asegurarse el depósito, Ronaldo declinó cortésmente, les agradeció su ofrecimiento, recogió los datos con los números de cuentas. Y se volvió al hotel.

Los dos banqueros pensaron que era una forma muy placentera de empezar el día, lo que no sabían era que esa sustancial cantidad de dinero iba a durar en sus bancos menos que un caramelo a la puerta de un colegio. Solo sería cuestión de horas, o quizás días como máximo, que ese dinero volara a otros lares, que se esfumaría con la misma rapidez con la que había llegado.

Regresó al hotel.

Codificó los números de cuentas. Abrió su portátil y realizó las pertinentes transferencias desde sus cuentas en Gibraltar.

Bajó a la galería comercial, compró unas bermudas de color beige y cuatro niquis sin cuello, y unas cómodas playeras, y como su vuelo salía a última hora de la noche se propuso hacer algo de turismo.

Pidió al taxista que le llevara a la playa de Copacabana.

La guía turística que había comprado en el hotel

decía que el barrio de Copacabana era uno de los barrios más famosos de Rio y el tercero más poblado. Le gustó la playa que tiene forma de herradura y que es conocida como La Princesita del mar.

Llamó su atención la proliferación de esculturas de arena, realizadas por artistas anónimos pero que eran realmente hermosas. La arena era muy blanca y el agua cristalina. Se descalzó y paseo por la orilla con sus pies remojándose con las olas. Caminó en toda su extensión, sentía tanto placer y relajo que recorrió los 4km de extensión de la playa sin sentir cansancio.

Pidió al taxista, que pacientemente le esperaba sentado en un banco, que le llevara al barrio de Cosme quería abordar al trenecito que le llevaría hasta el cerro del Corcovado para poder apreciar la estatua de Cristo Redentor que está situada en lo más alto del cerro, a unos 710 metros sobre el nivel del mar. La estatua es de estilo art décor de Jesús con los brazos abiertos como contemplado la ciudad y bendiciéndola. La escultura tiene una altura de 38 metros sobre un pedestal de 8 metros. Se unió así a las más de 700 000 personas que visitan el lugar cada año.

Su siguiente y última visita sería al barrio Urca, es un barrio residencial de clase media alta y muy alta y famoso por el teleférico que lleva hasta el cerro Pão do Açúcar que es un monolito de granito y cuarzo situado en la boca de la bahía de Guanabara, sobre una península que sobresale en el Océano Atlántico.

Ronaldo contempló admirado el teleférico, construido en cristal artesanado y con capacidad para

65 personas, que salva una distancia de 1 401 metros, entre los morros de Urca y de Babilonia. a una altitud de 396 metros Los cariocas le llaman el «bondinho do Pão de Açúcar ».

Desde el teleférico Ronaldo contempló una pequeña playa de arenas rojizas y se propuso que esa fuese su próxima visita. Era la Praia vermelha, una playa protegida por un promontorio, de arenas gruesas y rojizas, pero muy tranquila, muy recogida, se sentó en la arena y dejó su mente volar. Ya estaba pensando en su nuevo destino, Costa Rica y sus exóticas playas y bosques tropicales.

Pero antes había que salir de Brasil.

Regresó al hotel, se dispuso a descansar unas horas porque el camino que le esperaba sería largo y tedioso.

El individuo que a las 12h45 minutos, el vuelo tenía un considerable retraso, abordó el Boing 737 de la compañía Copa Airlines vuelo CM872 con destino San José en Costa Rica y con escala en Ciudad de Panamá era Santiago Vargas Rojas ciudadano costarricense. Ronaldo se había perdido entre la multitud de cariocas que deambulaban por sus calles. Había dejado de existir.

XVI   EL PARAISO CARIBEÑO

El vuelo Rio-San José se le hizo muy tedioso, después de más de 7 horas de vuelo hasta Panamá City y otras cuatro de espera en el aeropuerto, le esperaban otras casi dos horas hasta el aeropuerto internacional Juan Santamaría.

A su llegada se dirigió al control de pasaportes cuyo rotulo indicaba pasajeros nacionales. Solo tuvo que mostrar su pasaporte. El ciudadano costarricense Santiago Vargas acababa de regresar a su país.

El aeropuerto Juan Santamaría está situado a 2km de Alejuela y a 17 km del centro de San José por lo que el trayecto hasta el Real Intercontinental Hotel le llevó menos de 20 minutos. Como tenía reservada habitación los trámites de registro fueron mínimos.

Se duchó, se cambió de ropa, se puso unas cómodas bermudas, un niqui de manga corta sin cuello, y se calzó unas ligeras alpargatas blancas con suela de esparto.

El taxista le llevaría primero al BICSA (Banco Internacional de Costa Rica) sito en el edificio Torre Cordillera en el Condominio Ofi Centro y luego al antiguo HSBC, ahora Banco Davivienda.

De ambas instituciones salió con un número de cuenta y unas tarjetas de coordenadas para transferencias on line.

Volvió al hotel, encendió su portátil, codificó sus números de cuenta, se conectó a la red Wifi del hotel y el dinero que estaba en Brasil desapareció, había estado en tierras brasileiras menos de 24 horas. Y para gran sorpresa de los banqueros costarricenses aquellas cuentas que se habían iniciado con un simbólico ingreso en euros se convirtieron en cuentas con cientos de miles de euros.

Su siguiente tarea era visitar inmobiliarias.

Había seleccionado las tres que le parecieron más serias, más fiables: RC Inmobiliaria, Century 21 Global y Harry & Home.

La petición fue la misma para las tres: Una parcela de terreno, con licencia para edificar, en los alrededores de San José, ni muy cerca para que el precio no fuese exorbitante ni demasiado lejos para que el acceso a la capital no demorara demasiado tiempo. Les sugirió sitios como: Puente de Piedra, Flores o Sabanilla, pero que lo dejaba al buen hacer de sus profesionales que conocían, suponía, el área mejor que él.

Les dio el número de su móvil costarricense que

acababa de comprar en la tienda de telefonía del hotel. Y decidió irse a disfrutar de la piscina del hotel. Por una vez y después de muchos días de ajetreo, gestiones y viajes se podría relajar.

Por curiosidad había cogido, al azar, unos folletos en el hall del hotel, antes de entrar al recinto de la piscina. Había uno que había editado el distribuidor de la cerveza más popular de Costa Rica, la Imperial. Empezó a leerlo, la cerveza era uno de los pocos temas que le interesaba.

La cerveza Imperial más popular en Costa Rica era la lager con 4, 5º de alcohol, un IBUS de 14, elaborada con malta, agua y levadura. Y la primera cerveza con agua positiva.

Enrique ¡perdón! Santiago se preguntó: ¿Qué carajo es eso de agua positiva e IBUS? Le picó la curiosidad, encendió la Tablet, busco en Internet y lo que encontró satisfizo su curiosidad. Los IBUS por sus siglas en inglés son International Bitterness Units, en español diríamos las Unidades Internacionales de Amargor. Bien, vale pensó Santiago.

Veamos ahora que es el agua positiva, Internet le informaba: «Cuando dos moléculas de agua están muy próximas entre sí, se establece una atracción entre el oxígeno de una de las moléculas, que tiene carga parcial negativa y una de las de hidrógeno de la otra molécula que tiene carga parcial positiva» Santiago recordaba que en sus años escolares le habían explicado que la fórmula de la molécula del agua es H_2O es decir dos átomos de hidrógeno y uno de oxígeno. Santiago recordó ese dicho de: no te acostaras sin saber una cosa más.

A Santiago le parecía demasiado alcohol, pero también había una Imperial Silver o Imperial cero, así que hizo señas al camarero y le pidió la cerveza que tanto ansiaba degustar.

La piscina del hotel estaba plagada de chicas jóvenes con unos minúsculos bikinis, tan minúsculos que parecían parches de los que llevaban los piratas para cubrirse el hueco de los ojos que habían desaparecido en sus cruentas batallas.

Como tenía puestas las gafas de sol podía mirarlas y admirarlas sin que, al parecer, ellas lo notaran. Pero las mujeres no solo tienen un sexto sentido, tienen un séptimo y un octavo y saben cuándo las miran. Muchas, las más jovencitas, sonreían al intuir que aquel vejete con gafas de sol, que parecía no mirar, no las quitaba los ojos de encima.

Santiago miraba, pero su mente estaba en otro sitio.

Estaba pensando en la parcela que quería comprar y en la casita de planta baja que iba a construir.

Había instruido a las inmobiliarias que la parcela debería tener como mínimo 1 000m², de terreno llano.

En ella construiría una casa de planta baja, con un amplio salón de unos 60 metros cuadrados con cocina tipo americana incorporada, dos amplios dormitorios y dos habitaciones más pequeñas para usarlas como despachos, El frontal de la casa tendría un amplio porche que cubriría todo el ancho de la fachada. En la parte trasera tendría que haber un espacio libre, suficiente para hacer un huerto donde cultivaría hortalizas, tomates, lechugas y algunas patatas. El tejado de la casa estaría cubierto de paneles solares de forma que la casa fuera autosuficiente en el suministro eléctrico y de agua caliente. Sin proponérselo, lo hacía por motivos económicos, se había apuntado al ejército de «ecolojetas» que últimamente pulula por el universo.

En un lateral de la casa construiría un garaje con capacidad para dos coches y en el otro lateral un cobertizo para las herramientas y la lavadora. Y cerca de ese cobertizo una gran piscina, necesitaría hacer ejercicio y la natación es ideal para vejetes.

En el otro extremo de la parcela, en la parte más alejada de la casa, para evitar sus olores, construiría un gallinero y una conejera, los animales gozarían de plena libertad, le habilitaría un espacio al aire libre, vallado con malla metálica y un cobertizo para protegerlos del sol. Habría otro cobertizo como almacén de los alimentos y artículos de limpieza. Un gran deposito elevado de agua serviría para alimentar automáticamente los bebederos y para las operaciones de limpieza.

Con estos pensamientos en su mente se quedó medio adormilado. Los días transcurrían plácidamente.

A la semana de estar en Costa Rica se mudó a un pequeño y discreto apartamento donde pasaría más desapercibido, en el hotel temía que empezara a llamar la atención, no se le veía movimiento de negocios, solo ocio.

Un día recibió la llamada de una de las inmobiliarias, que le invitaba a visitar unas parcelas, la situada en la localidad de las Flores, no fue de su agrado, pero si le gustó mucho la situada en la localidad Puente de piedra.

La parcela era llana con unos 1 200 m² y el precio bastante asequible. A Santiago le gustó mucho la parcela, pero no lo demostró, se había vuelto un auténtico regateador, cuando el agente inmobiliario le preguntó su parecer, hizo un gesto frunciendo los labios, se encogió de hombros y dijo: «No está mal, pero no me llena». Y añadió displicentemente: «seguiremos buscando». El agente dijo: «si el precio le parece alto, puedo negociar con el propietario y rebajarlo». «Tendría que ser una rebaja sustancial, porque el sitio no me parece el más adecuado para lo que quiero, pero por negociar no se pierde nada» contestó Santiago.

Visitaron otras parcelas y a todas le puso «peros» Santiago.

Al cabo de unos días se repitió la llamada del agente inmobiliario, había hablado con el vendedor y había conseguido una rebaja del 15%. Santiago dijo: «no está mal, esperaba el 20% pero puedo valer, déjeme pensarlo» y colgó. El agente se quedó perplejo y desconsolado, veía que este cliente era duro de roer y no se dejaría timar fácilmente.

De hecho, ya se lo había demostrado en su primera reunión cuando le dijo que su comisión era del 6% y el individuo lo había mirado con cara de pocos amigos, se había levantado de la mesa con intención de marcharse y había dicho: «si se conforma con el 3% tenemos un acuerdo, si no es así, buenos días». Y se acercó a la puerta. Por supuesto que el agente respondió apresuradamente: «De acuerdo el 3%».

Ahora, pensó el agente, tendré que simular que vuelvo a negociar con el vendedor y que he conseguido su ansiado 20%.

Cuando Santiago recibió la buena nueva solo dijo: «Bien ¿cuándo firmamos?».

Los 109 200 euros previstos que el agente y el vendedor pensaban recibir habían pasado a ser 87 360.

El agente, aunque se felicitó por la venta, maldijo su mala suerte, de los 21 840 euros que se habían esfumado por la actitud precavida de este comprador tan singular y avispado, 9 100 le hubieran correspondido a él. De todas formas 3 276 euros en Costa Rica no era moco de pavo.

Santiago estaba trabajando en el plano de su nueva casa. Fernando le había instalado un programa que le permitía copiar de las webs de las inmobiliarias el tipo de casa que le gustaba y luego modificarlas a su gusto y necesidad. Una vez que diseñó la casa que estaba soñando, la archivó en un pen drive. Se acercó al business center del hotel e imprimió varias copias.

Con el permiso de conducir que su amiguete, el de los pasaportes falsos, le había entregado previamente, se permitió comprar un BMW de segunda mano y se desplazó a Puente de Piedra. Había buscado trabajadores autónomos que se dedicaran a la construcción. Los había por decenas.

Telefoneó a tres de ellos que le parecieron los más serios y concertó una cita. Al primero lo vería por la mañana, al segundo por la tarde y al tercero al anochecer.

Le entregó a cada uno una copia del croquis que había dibujado y les pidió presupuesto. Les dejó un caramelito en forma de: «Pago en efectivo, sin facturas, ni papeles». Los contratistas que estaban acostumbrados a estas prácticas, no solo no pusieron objeciones, sino que se felicitaron. En Costa Rica como en todas partes la hacienda pública era extremadamente avariciosa.

Mientras tanto en España las cosas estaban empezando a caldearse.

Después de darle muchas vueltas al tema, analizando los pros y contras, poniendo a su equipo jurídico a trabajar, y preparando el esquema de publicación, si se decidía a hacerlo, Joaquín decidió consultar con sus principales colaboradores y pedirles opinión. Hubo de todo, como en botica, los pusilánimes, que están en todas partes, eran partidarios de olvidar todo y esconder la cabeza como avestruces, los tibios tenían dudas y solo los periodistas de verdad, los que piensan que la prensa debe publicar todo lo que el poder establecido (el establishemt dirían los angloparlantes) desea ocultar, dijeron ¡adelante, publiquemos! Las discusiones fueron tan virulentas que faltó poco para que sacaran, en sentido figurado, las navajas cuchi curvas, al final fue Ignacio el que resolvió la cuestión.

Su argumento fue: «si no lo hacemos no estaremos cumpliendo nuestra misión, que es informar, tendremos que estar preparados porque vendrán contra nosotros como una jauría de lobos, nos denigraran, dirán que son fake news, nos amenazaran, pero tenemos que hacerlo. Como accionista mayoritario me arriesgaré, y aquel que no quiera correr este riesgo que venda sus acciones, si las tiene, y si no las tiene que dimita, esto es un equipo y como tal tenemos que actuar, ¡todos a una! Como los mosqueteros».

Al día siguiente salió la primera exclusiva.

A toda plana, en primera, el periódico decía:

SE CONFIRMA QUE LA CIA, ASESORÓ Y FINANCIÓ A LA ETA EN EL ATENTADO CONTRA CARRERO BLANCO.

Fuentes fidedignas han asegurado a este medio que la CIA financió a ETA con 100 millones de las antiguas pesetas para que cometiera el magnicidio del presidente Luis Carrero Blanco. Al parecer la CIA no confiaba en el presidente para llevar a cabo el proceso democrático que EE. UU. deseaba para España.

Querían controlar este proceso para hacer de España una democracia light monitorizada y controlada por ellos.

Los abertzales negaron todo, pidieron, as usual, el cierre del medio.

La prensa «empesebrada» reaccionó violentamente, diciendo que, otra vez, este tipo de noticias era más propio de la prensa amarilla que de un periódico serio. Que no tenía ninguna credibilidad. Los partidos políticos, excepto el PSOE, se callaron como rameras.

El PSOE se vio obligado a sacar un comunicado defendiendo a sus socios.

En el periódico se relamían de gusto. Los tiburones estaban mordiendo, no el anzuelo, sino un garfio entero.

Prepararon la edición de tarde repitiendo lo mismo que por la mañana, pero con fotocopias de dos documentos y un acta de reunión, todo con el sello de la serpiente enroscada en un hacha y bien visibles las firmas de los presentes.

La opinión publica pasó del tema. El domingo había derbi madrileño.

Santiago seguía el tema desde la distancia. Internet no tiene fronteras.

Cuando parecía que las aguas ya estaban calmadas el periódico sacó otra exclusiva:

ESTE MEDIO PUEDE ASEGURAR QUE LA ETA TUVO UNA PARTICIPACIÓN MUY ACTIVA EN LOS ATENTADOS DEL 11M.

Medios de toda confianza han asegurado a este medio que la ETA organizó y dirigió todos los preparativos para los sangrientos atentados del 11M que causaron más de 190 muertos.

Los suicidas de Leganés fueron engañados, se les dijo que las mochilas contenían droga, que las dejaran en los vagones, que otros correos las recogerían, los infelices «moritos» fueron manipulados y engañados como chinos, de los antiguos que los de ahora son muy «espabilaos».

Los epitafios vertidos desde todos los estratos de la sociedad no se pueden reproducir.

En la redacción del periódico estaban gastando una fortuna en pañuelos de papel de tanto relamerse de placer.

En la edición de la tarde, repetían lo mismo, con varios documentos con el ya conocido sello.

La opinión publica seguía pendiente del derbi.

Los críticos, prensa «empesebrada», abertzales y demás componentes de la jauría estaban buscando una cueva donde poder esconderse. Solo faltó que alguien gritara, aquello otrora famoso de: «maricón el último» y que me perdonen los Gais.

Los dirigentes etarras se mesaban los cabellos, se preguntaban una y mil veces: ¿Cómo ese cabrón de Uribe había sido capaz de sacar toda esa información sin ser detectado? ¿Quién la tenía ahora? ¿Por qué los matones que habían enviado no encontraron nada, a pesar de haber destripado el apartamento? ¿Quién era el hijo de puta que la estaba filtrando a esa bazofia de periódico?

Se prometieron colgar por los «cataplines» al que les estaba haciendo ese daño que consideraban irreparable, Pero estaban, y seguirían estando, a ciegas.

No sabían aquello de: «No puedes matar a una persona invisible». Enrique se había hecho invisible.

Santiago, veía esto fríamente, desde la lejanía todo se ve diferente. Él ahora solo tenía un problema, construir su casa.

No quería llamar a Joaquín para felicitarle por el éxito de sus publicaciones, porque estaba seguro de que el CNI habría pinchado los teléfonos de la redacción y el de Joaquín y tendría sometida a vigilancia a toda la redacción.

Los contratistas respondieron antes de tres días, uno se ofrecía a construir todo en cuatro meses y al módico, en sus propias palabras, precio de 72M de colones y el segundo iba a la baja, solo 56M. y tres meses de construcción, el tercero parecía el más centrado, pedía 65M y un plazo de dos meses y medio a tres meses. Santiago que ya conocía la casuística del medio, decidió que descartaría al primero por abusón y al segundo por tramposo. Llamó al tercer contratista y acordó las condiciones de pago.

Le daría un pago por movilización del 10% del costo total es decir 6,5M con la exigencia de que entregara un aval bancario por dicho importe y el resto hasta completar los 65M por certificación mensual, según progreso.

La inversión total entre el terreno y la construcción y el pago a la agencia inmobiliaria sería aproximadamente de 193 500 euros.

Santiago seguía recibiendo su pensión, que era más que suficiente para vivir holgadamente en Costa Rica y todos los meses hacia una transferencia de 1 000 euros a Fernando. Al que tampoco quería llamar o enviar un email o WhatsApp por si estuviera siendo controlado.

Santiago visitaba, en su destartalado BMW, las obras cada dos o tres días, sabía que no podía perder de vista al contratista. Este resultó una excepción y terminó la obra en el tiempo previsto y sin sobre costos.

Cuando su casa estuvo terminada, se trasladó y empezó a planificar su futuro. Envió un email a Fernando, a través de su amigo el falsificador, en el que le explicaba que le enviaba un billete de avión, abierto, en primera clase, para un vuelo de Iberia Madrid-San José, y le instruía a visitar al falsificador para que le hiciera un pasaporte falso.

Fernando se alegró de recibir noticias de su amigo y flipó con el billete de primera clase, en su perra vida había visto un aeropuerto y mucho menos viajar en avión ¡y en primera! siguió al pie de la letra las instrucciones.

Una semana después apareció en el aeropuerto.

Santiago le contó sus planes. Fernando tendría un papel muy importante, fundamental, en ellos.

Aunque estaba impresionado con lo que veía, seguía siendo tan lacónico como siempre, miraba, sus ojos denotaban emoción, pero no decía nada. Un día sin embargo se atrevió a preguntar: «¿Por qué Costa Rica?».

Santiago también se había hecho la misma pregunta y sabía la respuesta.

Se retrotrajo a tiempos pasados. Y empezó a decir: «Siempre me había atraído Costa Rica, el hecho de que no tuviera ejército y que nunca hubiera sufrido un golpe de estado, el que estuviera reconocida como la Suiza de Hispanoamérica. Sus bosques tropicales, sus exóticas playas bañadas por el Océano Atlántico y el mar Caribe. Siempre era alabada por su paz y tranquilidad en contraste con la violencia e inseguridad que imperaba en los países de la zona».

«Cuando empecé a planificar mi fuga el primer país que vino a mi mente fue Costa Rica».

Ahora en este paraíso terrenal. Ambos empezarían una nueva vida.

XVII EL RETIRO DORADO

Llevaban una vida plácida, sosegada y tranquila.

Habían montado un lucrativo negocio de consultoría informática, diseñaron, bueno Fernando diseñó, sistemas de seguridad cibernética que instalaron en los bancos costarricenses, hasta entonces huérfanos de cortafuegos. Informatizaron los sistemas de gestión de las más importantes empresas del país, no es que fueran muchas, pero algunas había.

No les faltaba el trabajo. Santiago con su labia era el comercial y Fernando el currante. En sus ratos libres cuidaban de sus gallinas y sus conejos, cultivaban hortalizas, tomates y lechugas y se pasaban horas en la piscina o tomando el sol. Por la noche se sentaban al fresco en el porche. En silencio, no hablaban porque Fernando era como un marmolillo. Degustaban la Imperial Silver. y se iban a dormir.

Seguían por internet las noticias de España.

En España las revelaciones del periódico digital provocaron un escándalo monumental.

El presidente «cum fraude» intentó lavar su imagen, ya de por sí muy deteriorada, ejecutando a sus más fieles vasallos. Cambió el gabinete, pero el currículo de los nuevos ministros era aún peor que el de los salientes. No tuvo más remedio que convocar elecciones anticipadas. La derecha se las prometía muy felices, ingenuos ellos, pensaban que con el tremendo desgaste que suponía para el «cum fraude» y el PSOE las revelaciones que día sí y día también publicaba el periódico digital, la victoria estaba asegurada.

Pero como el hombre es el único animal que tropieza dos veces en la misma piedra. Volvió a ganar el PSOE.

El «cum fraude» volvió a formar gobierno con los comunistas y con el apoyo de los terroristas, chantajistas y golpistas.

En el país vasco no pasó absolutamente nada, nadie corrió a «gorrazos» a nadie, todo siguió igual, no hubo ni lavado de cara. Los gudaris seguían recibiendo homenajes.

La opinión publica estaba expectante porque al día siguiente se jugaba el clásico y quince días después el Madrid jugaría la final de la Champions.

La política era para los políticos.

Santiago terminó el desayuno y de leer, en internet, las noticias.

Frunció el ceño y se encogió de hombros. Agarró su bolsa de golf y le dijo a su nueva amiga una mulatita de veintipocos años. Preciosa saca el coche que nos vamos a jugar al golf.

La joven preciosidad que lucía una minifalda de vértigo y un bodi de infarto sacó el flamante y reluciente BMW último modelo y con la mejor de sus sonrisas le dijo: «Papi vamos».

E. Larby

NOTA DEL AUTOR

Todos los personajes que aparecen reflejados en esta novela son ficticios, salvo los personajes históricos, propios de la calenturienta imaginación del autor.

Cualquier parecido con la realidad es una pura, aunque premeditada, coincidencia.